W0172471

Lothar Koch

SYLTOPIA
Total durchgeknallt: Revolution auf der Insel

DIE DOKU-FANTASY AUS DEM JAHRE 2050

Ein Insel-Märchen
für Erwachsene.

Clarity Project®
Verlag

SYLTOPIA
Total durchgeknallt: Revolution auf der Insel
Die Doku-Fantasy aus dem Jahre 2050

Edition Clarity Collection

1. Auflage: 2015

ISBN 978-3-00-049308-9

Verlag und Vertrieb

© 2015, Lothar Koch, Clarity Project® Verlag, Sylt

www.syltopia.de, info@syltopia.de

Produktion

Gesamtleitung: L.N. Koch

Illustration & Titelgestaltung: Ammerseearts, Philipp Megerle

Buchsatz: Bina Witte-Jekel

Druck: CPI Clausen & Bosse, Leck

CO_2-neutral gedruckt in Nordfriesland/Germany

auf FSC-Umwelt-Papier

Das geht raus an alle Spinner,
wir sind die Gewinner.
Wir kennen keine Limits, ab heute für immer.
Das geht raus an alle Spinner,
weil alles ohne Sinn wär,
ohne Spinner, wie dich und mich.

Revolverheld

TEIL I

Biiki fan Söl, helig ual Jöl flami ap![1]
Biike von Sylt, heiliges altes Feuer, flamme auf!

---

1 friesisch: traditioneller Spruch zur Biike, dem rituellen Feuerbrauch
der Sylter am 21. Februar jeden Jahres

7

PROLOG

Üs Söl'ring Lön[2]

Heut´ bin ich über Sylt gefahren.
Die Insel geht wohl unter, in wenigen Jahren.
Nicht in befürchteten Wassermassen,
sondern unter gefüllten Renditekassen!
Eine Flut von Geld hier zu Betongold erstarrt.
Über den Damm werden Millionen von Autos gekarrt.
Trutz blankem Frust
Aus der Luft dröhnt's kerosingeschwängert,
die Saison, längst von Biiken bis Silvester verlängert.
Den Gast empfangen verdreht-grüne Riesen,
aus Syltgaragen grüßen Plastikfriesen.
Die Dörfer gleichen heut Einkaufszonen,
in denen nur selten Vertraute wohnen.
Trutz blankem Frust!
Drum flüstert die Sylta zum Dieter:
Wir sind nur noch Schienenschieter.
Es steht auf der Kippe, ich sag's kurz und knapp,
Sylt schafft sich am Ende noch selber ab!
Trutz blankem Frust!
Erinner dich unserer Geschichte,
sag's
jedem schüchternem Wichte:
Trutz blankem Frust!

---

2 Sylter Friesisch: Unser Sylter Land

HANNA LUNDT

Sylt, 8. Mai 2050

Die Syltbahn glitt lautlos auf dem Magnetkissen durch die Dünenlandschaft des südlichen Inselhakens.

Hanna Lundt, die Star-Reporterin eines bekannten amerikanischen Magazins war, auf dem Weg von Hörnum nach List. Sie hatte einen Termin auf einem Forschungsschiff mit dem seltsamen Namen SOS-Solea. Es sollte im nördlichsten Inselhafen vor Anker liegen.

Während der Bahnfahrt streifte ihr Blick über die Konturen der Insel. Die Farben der Landschaft changierten vor einem glasklaren Mai-Himmel. Schwarzbraun, tannengrün, sandgelb – unterbrochen nur vom Graublau der Nordsee. Die Formen der Dünen erinnerten sie an japanische Landschafts-Kalligraphien, die sie aus ZEN-Büchern kannte. Sylt– so fremd und doch vertraut. Das war mal *ihre* Insel gewesen.

Beim Blick durch die Panoramascheibe der Magnetbahn hing sie ihren Gedanken nach: Die vergangene Woche empfand sie als eine der tiefgründigsten ihres Lebens.

Hanna hätte bei ihrer Abreise von New York nie erwartet, dass ausgerechnet Sylt, der Ort, den sie als Achtzehnjährige fluchtartig verlassen hatte, sie noch einmal so beflügeln würde. Hanna ahnte jetzt, was der nächste Schritt in ihrem Leben sein würde.

Bei diesem Gedanken nickte sie ein und die Bilder der vergangenen Woche zogen wie ein Film durch ihre Tagträume.

Der Auftrag

Martha's Vineyard[3] / USA, 29. April 2050

Jerry Garcia, Chefredakteur des 3M's, *Martha's Modern Magazine*, war manchmal wirklich stur wie ein Esel, vor allem, wenn es um Zeit und Geld ging. Hanna hatte die Story über Sylt natürlich sofort zugesagt, obwohl kurz darauf ihr Herz vor Aufregung bis zum Hals klopfte. Das hätte ihrem Chefarzt vom John Hopkins Hospital in Boston sicherlich nicht gefallen. Aber allein der Gedanke, ihre Insel und eventuell sogar ihre Mutter, bald wiederzusehen, bereitete leichte Herzrhythmusstörungen.

Als sie Jerry die voraussichtlichen Reisespesen präsentierte, reagierte sein rechter Augenwinkel mit unmerklichen, nervösen Zuckungen in ziemlich hoher Frequenz.

»So ein Trip ist doch viel zu anstrengend für dich, Darling. Kannst du das nicht per Holofon regeln?« Sein Vibro-Vacuumsessel drehte sich um 180 Grad und gab ihm die Möglichkeit, seine Gereiztheit nicht zeigen zu müssen. Sie schaute über seinen gebeugten Rücken durch das riesige Panoramafenster in die Dünenlandschaft und auf den meerblauen Streifen des

---

3   Insel vor der Ostküste der USA

Atlantiks, während er schon wieder Werbebotschaften in den Speed-Formulator textete.

»Jerry, du erwartest doch nicht etwa, dass ich die Lebensgeschichte eines 91-jährigen im Ferninterview per Holofon mache. Erstens hat der wahrscheinlich noch nie ein Holofon benutzt und zweitens ist das ja gerade der Witz: auf dieser deutschen Öko-Insel gibt es keine privaten Netzverbindungen. Außerdem will ich da hin! Ich bin seit fast vierzig Jahren nicht zu Hause auf Sylt gewesen und die Story kann nur authentisch werden, wenn ich selber fühle, was dort passiert ist«.

Zu Hause. Hanna fühlte, wie sie innerlich schluckte, als dieses Wort über ihre Lippen rutschte. Sie war doch immer ganz sicher gewesen, auf dem richtigen Weg in die Welt zu sein, seit sie dem Provinznest Westerland im Jahre 2014 ein für alle Mal den Rücken gekehrt hatte. *Home is where the heart is*[4]. Das war immer ihr Motto gewesen. Von Heimweh keine Spur. Ihre Mutter hatte es schließlich genauso gemacht.

Hannas Mutter hatte 2015, kurz nach der Abreise ihrer Tochter, ein neues Leben begonnen. Ihren Mann, den Chef des Westerländer Bauamtes, hatte sie verlassen und war mit einem Hamburger Regisseur durchgebrannt, um in der Hansestadt ein kabarettistisches Varieté zu betreiben. Natürlich legte sie den Nachnamen ihres Gatten sofort ab und nannte sich

---

4 engl.: Zuhause ist dort, wo das Herz ist.

wieder wie früher als Mädchen: Conny Wein. Seitdem hatte Hanna mit ihren Eltern weitgehend den Kontakt abgebrochen. Ab und zu Mal eine Karte zu Weihnachten, mehr nicht.

Aber Hanna spürte ganz tief, dass sich in letzter Zeit etwas wohlig entspannte, wenn sie an Sylt dachte. Ja, es war dieses Zu-Hause-Gefühl, das in ihr aufkeimte, seit sie die Wochen nach ihrem Nervenzusammenbruch in der Reha zwischen all den klapprigen Amerikanern verbracht hatte. Wenn ihr Bilder ihrer Heimatinsel in den Kopf stiegen, spürte sie diese Wärme im Bauch, die sie für keinen anderen Ort zwischen Hongkong und San Francisco je empfunden hatte. Das Gefühl meldete sich immer häufiger, auch bei den Strandspaziergängen auf Martha's Vineyard. Es war lange verschüttet gewesen und doch tief verwurzelt in der Seele einer kleinen Sylter Badenixe, die mit ihren Freundinnen einst ausgelassen und zeitvergessen im Priel am Rantumer Strand der Insel Sylt gespielt hatte.

DER TRAUMJOB

Martha's Vineyard/USA, Hanna träumt in der folgenden Nacht von Erlebnissen vor 39 Jahren in Christchurch/Neuseeland (2011)

»Debbie, Debbieee!«
»Greif meine Hand Hanna.
Komm, komm, komm hier rein.«
»Debbiee« … »Hannaaa!«
Beim letzten, verzerrten Schrei, der in ein Wimmern abebbte, wachte Hanna auf. Sie zitterte, sie schwitzte. Mein Gott, das war jetzt 39 Jahre her, aber dieser Alptraum verfolgte sie immer noch. Sie sah und hörte all die Einzelheiten vom 22. Februar 2011 immer noch ganz klar vor sich, wenn sie die Augen schloss. Sie konnte sogar riechen, was an jenem Tag geschah.

Auf ihrer Teenager-Tour durch Neuseeland war die achtzehnjährige Johanna Lundt damals mit ihrer Reisefreundin Debbie Carter ausgerechnet an dem Tag in Christchurch angekommen, als die Erde zu beben begann. Hanna und Debbie hatten sich wenige Tage zuvor beim WWoofing[5] auf einer Kiwifarm kennengelernt und waren dann gemeinsam weiter auf die Südinsel gereist.

---

5   engl. Abk.: Willing workers on organic farms, Praktikum auf
    Öko-Bauernhöfen)

Als sie sich zu einem Mittags-Bierchen in *The Bog* aufhielten, verließ die Kneipen-Katze um 12:45 Uhr ohne ersichtlichen Grund fluchtartig das Lokal. Um 12:51 Uhr begannen die Erdstösse mit 5,2 und steigerten sich in kurzer Zeit auf 6,3 der Richterskala.

Der blasse Typ am Zapfhahn wurde kalkweiß. Mit dem Gesichtsausdruck eines Traumschiffmatrosen, der pflichtbewusst Passagiere in Rettungsboote bugsiert, winkte er die Kunden, die in unmittelbarer Nähe der Bar standen, in das schwarze Loch einer geöffneten Holzluke am Boden. Sie schafften es gerade noch in den süß-säuerlich stinkenden Keller zwischen die hochgestapelten Guiness-Fässer. Dann spürte Hanna den Boden unter ihren Füßen beben. Die Wände knirschten und die nackten Glühbirnen flackerten. Von der Kellerdecke rieselte Kalkstaub auf ihre Kleidung. Es lösten sich Mauersteine und ein daumendicker Riß klaffte zwischen zwei Säulen durch die Betondecke. Mit Getöse brach ein Teil des Kellers zusammen und die Guiness-Container stürzten wie leere Bierdosen umeinander. Das Licht erlosch.

»Debbiee« … »Hannaaa!«

An viel mehr erinnerte sich Hanna nicht. Nur an das Flüstern mit Debbie, die langen Stunden der Hoffnungslosigkeit und das entfernte, leise röchelnde Atmen hinter den Bierfässern, das immer zarter wurde und schließlich verstarb.

Eine gefühlte Ewigkeit später blitzten die Augen des Sanitäters auf, der beide Mädchen zwei Tage nach den Erdstößen aus ihrer Situation befreite. Lebend und unversehrt, aber sehr nachdenklich. Ab jetzt brannten sich Tag für Tag weitere Dramen der Trümmerwüste von Christchurch City in Hannas Gedächtnis. Täglich transportierten Radlader Leichen in Plastiksäcken ab. Sie und Debbie mussten zwei Wochen ohne Strom und fließend Wasser ausharren, bis endlich der internationale Flughafen wieder öffnete.

Damals, im dunklen Bierkeller, hatten sich Debbie aus Washington D.C./USA und Hanna von Sylt/ Deutschland, eines geschworen: ·

»Nie wieder Guinness und … wenn wir hier lebend wieder rauskommen, lassen wir nichts mehr aus. Dann wird richtig gelebt und Vollgas gegeben.«

Hanna und ihre Mutter heulten, als sie sich am Hamburger Flughafen in die Arme schlossen. Auf der dreistündigen Fahrt mit der Regionalbahn zurück nach Sylt erzählte Conny, dass, die halbe Insel um Hannas Leben gebangt hatte. Es war gut, dass sie jetzt endlich nach Hause kam.

Hanna brauchte fast ein Jahr, um sich wieder zu erholen. Sie gammelte viel herum, skypte oft mit ihrer *Erdbebenfreundin*, wie sie Debby gerne nannte, und traf sich mit ihrer Clique zum Komasaufen im American Bistro. Ihre Mutter Conny kümmerte sich wenig. Sie hatte genug mit den ständigen Streitereien zu tun, die Noch-Ehemann Heiner täglich mit ihr führte. Natürlich sorgte sie sich um Hanna, gerade weil es in ihrer Ehe nicht mehr rund lief. Aber ihrer Meinung nach wurde es endlich Zeit, dass Hanna selber auf die Füße kam und etwas aus ihrem Leben machte.

2013 besorgte sie ihrer Tochter einen Job bei Christian Jörgensen, dem Chefredakteur der Sylter Rundschau. Jörgensen war Connys langjähriger Kollege bei der Inselzeitung gewesen. Die beiden mochten sich. Genau wie sie, war er als Inselreporter immer irgendwo auf dem *Sylter Sandknust* unterwegs und recherchierte. 2006 war Jörgensen auf den Chefsessel der Redaktion gerutscht. Für Conny war das der richtige Zeitpunkt nach fünfzehn Jahren den Dienst zu quittieren. Sie wollte Jörgensen nicht nachgeordnet sein, dafür war ihr die Freundschaft zu wichtig.

Hanna hatte schon als Kleinkind einen guten Draht zu *Onkel Christian* gehabt. Als Conny nun mit ihrer attraktiven Abiturientin bei ihm in der Redaktion auftauchte und um Unterstützung bat, unterschrieb Jörgensen sofort den Vertrag für ein ganzjähriges Praktikum. Die Vorstellung als Reporterin zu arbeiten, gefiel ihr. Sie spürte endlich wieder ein bisschen Energie bei dem Gedanken an einen Job.

Hanna begleitete die Volontäre und Insel-Reporter bei den Recherchen. Sie döste auf abendlichen Gemeinderatssitzungen, bediente sich am kalten Buffet des Hotel- und Gaststättenverbandstages, parlierte altklug beim Kampener Krebsessen mit Größen aus Funk und Fernsehen, stapfte, unter der Führung langhaariger Ökos mutig und barfuß weit hinaus ins Sandwatt und sang Volkslieder mit der Altenanimateurin in der Morsumer Kirche. Natürlich hatte sie Block und Stift immer dabei und überzeugte Jörgensen mit ihren präzisen und unterhaltsamen Reportagen.

Nach einem Jahr hatte Hanna die Nase voll vom *Schicki-Micki-Rentner Eiland*. Sie litt unter dem provinziellen Mief, dem junge Leuten ihres Schlages auf Sylt ausgesetzt waren. Diskotheken versuchten sich zwei–, dreimal in Westerland zu etablieren, mussten aber immer wieder nach Rechtsstreitigkeiten wegen Lärmbelästigung im Kurgebiet schließen. Die letzten, kuscheligen Szenelokale hatten hier schon in den 1990er Jahren dicht gemacht, weil die astronomisch hohen Ladenpachten über die Wintermonate nicht durchzuhalten waren. Schon gar nicht mit den paar einheimischen Jugendlichen. Die Situation war ohne Dope nicht auszuhalten. Hanna war hungrig auf Kultur, Musik, Kunst und vor allem andere Sprachen. Sie sehnte sich nach diesem erregenden *One-World-Gefühl*, das sie in internationalen Workcamps und Backpacker-Hotels so genossen hatte. Auf Sylt empfand sie dieses Gefühl nur, wenn sich die Kollegen der internationalen Presse auf der Westerländer Promenade zum Windsurf-Worldcup drängelten und sie mitten drin war!

Der PR-Ausweis der Sylter Rundschau, den Jörgensen ihr nach liebevoller Bettelei über das Praktikum hinaus verlängert hatte, war die Eintrittskarte zum VIP-Zelt des Cups. Hier hing sie nächtelang mit

Stars aus Hawaii, Frankreich, Spanien und Barbados herum. Eine schillernde Szene aus Hamburg und Berlin sorgte rund um die Uhr für Partystimmung. In diesen Spätsommertagen liebte sie das *Weltbad* Westerland.

Wenn der Worldcup-Wirbel von einem Tag auf den anderen vorbei war, versank Sylt wieder im Rentner-Beige und Fastenwandermodus. Hanna wünschte sich dann nichts sehnlicher, als abzuhauen. Nach Berlin, London oder Barcelona. Das, was sie und ihre Clique hier noch hielt, war der Kick beim Wellenreiten. Nirgendwo sonst in Deutschland war sie so nah dran am Waverider-Feeling[6]. Hier, in der fast täglich heranrollenden Sylter Welle.

Hanna verspürte von Woche zu Woche stärkeres Reisefieber. Sie skypte immer häufiger mit Debbie. Die dramatischen Kellertage von Christchurch hatten ein unzertrennliches Band zwischen den Mädchen geknüpft. Debbie war die einzige, mit der sich Hanna über persönliche Probleme austauschte.

»Debby, zwischen meiner Mum und meinem Dad ist es ganz krass. Ich bin stinksauer auf meine Ma. Sie lässt sich von so 'nem Typ aus Hamburg befingern. Seitdem benimmt sie sich wie 'ne Sechzehnjährige und ich bin nur noch Luft für sie. Mein alter Herr ist voll aggro. Wenn der überhaupt mal auftaucht, stolpert er meist nachts mit 'ner Fahne in die Wohnung.«

---

6 engl.: Lebensgefühl der Wellenreiter

Debbie war zwei Jahre älter als Hanna, wirkte schon deutlich reifer und lebte in der US-Hauptstadt. Sie hatte ganz bewusst die journalistische Laufbahn eingeschlagen. Dank der Verbindungen ihres Stiefvaters zur Washington Post, konnte Debby schon vor dem Trip nach Neuseeland dort einige wichtige Ressorts durchlaufen. Vergangenes Jahr hatte sie ein dickes Lob von der Chefredaktion bekommen und war in die nächste Hierarchieebene aufgestiegen. Nicht zuletzt wegen ihres wirklich brillanten Erlebnisberichts in der *Post* vom Erdbeben in Christchurch. Die Reportage hatte sie *all across America*[7] bekannt gemacht.

Debbie brauchte jetzt dringend Hilfe bei der Recherche zu einigen journalistischen Projekten und was lag näher, als ihre Schicksalsgefährtin Hanna aus der grässlichen Situation einer *sad, boring Couchpotato*[8] herauszuholen. Hanna nahm die Einladung in die USA begeistert an.

Nach Hannas Geschmack gelang es etwas zu leicht, bei Conny das Geld für ein Oneway- Ticket nach Washington herauszukitzeln. Ihr Vater kümmerte sich nicht. Wenige Tage später saß sie heulend in der Regionalbahn zum Hamburger Flughafen. Conny hatte es leider zeitlich nicht geschafft, ihre Tochter persönlich zum Zug zu bringen.

----

7 engl. über ganz Amerika
8 engl.: traurige, langweilige Couchkartoffel

Das war kurz vor Weihnachten 2014 gewesen. Für das Neue Jahr hatte sich Hanna eines vorgenommen: Sylt, Conny und ihren Alten so schnell wie möglich zu vergessen, nur noch nach vorne zu schauen und endlich ins wahre Leben zu starten.

In den USA ging alles ganz schnell. Hanna ließ sich komplett von American Dream und Fast Food Life aufsaugen. Begeistert nutzte sie jede Gelegenheit, wichtige Leute kennenzulernen und legte nach dem Praktikum bei der Washington Post in Blitzzeit eine steile Karriere als Nachrichtenreporterin bei CNN[9] in New York hin.

Sie berichtete über Massendemonstrationen für ein freies Internet, Rassenunruhen in den Südstaaten sowie brutale Drogenkartelle an der mexikanischen Grenze. Sie mischte sich ein Jahr lang unter Obdachlose und zog, in einem gewaltigen Protestzug, mit zwei Millionen der Ärmsten vor das Weiße Haus. Sie blieb für sechs Wochen unter den Belagerern und berichtete täglich über skandalöse Zustände hinter dem *lächelnden Gesicht* Amerikas. Sie drehte in Nationalparks, schrieb über Unfälle auf Bohrfeldern, traute sich in Auslandseinsätze mit US-Eliteeinheiten in Al-Qaida und IS- Gebiete[10] und berichtete aus dem Smog von Peking. Einige Wochen lebte sie ausschließlich von Cola Light und Hamburgern, um sich in eines der

---

9 Cable News Network, amerikanischer Nachrichten TV-Kanal
10 arab.: Internationale Terror-Organisationen

unappetitlichsten Themen der US-Gesellschaft einzufühlen: die Fettleibigkeit und das Fastfoodsyndrom. Das alles ohne auf ihre eigenen Ressourcen zu achten, immer getrieben vom *exciting kick* der *fast breaking news*[11].

Für eine Liebesbeziehung hatte sie keine Zeit. Die Affäre mit Aaron Thompsen gleich im zweiten Jahr in New York war nach kurzer Zeit dramatisch gescheitert. Aaron war Kontakt-Improvisations-Tänzer und Straßenkünstler. Er verkörperte für Hanna die wilde Freiheit, die sie eigentlich suchte. Aber er wirkte zwischen den schicken Managertypen, mit denen sie sonst beruflich verkehrte einfach total deplatziert. Auf ihren Wunsch hin trafen sie sich immer nur an Orten, die weitab der Redaktion lagen. Letztendlich blieb zwischen ihren wichtigen Terminen einfach zu wenig Raum für echte Intimität und den Aufbau von Vertrauen. Das redete sich Hanna zumindest gerne ein. Trotzdem wurde sie ausgerechnet schwanger, als es beruflich gerade richtig losging.

Sie fühlte sich elend, nachdem sie sich gegen Aaron und für eine Abtreibung entschlossen hatte. Zwei Wochen später war es zwischen ihnen aus.

Über all die Jahre hatte sie neben vielen *wirklich netten Freunden* nur kurze *Dates*[12], aber nie etwas Ernstes. Ihre Karriere war am wichtigsten und sie

---

11 engl.: aufregender Kick schnell wechselnder Sensationsmeldungen
12 engl.: intime Verabredungen

machte stets *a very good job*, erst mit Enthusiasmus, dann professionell routiniert und zum Schluss mit zähem Durchhaltevermögen. Medienpreise dekorierten immer wieder ihre Reportagen.

Als sie im August 2046, nach dem brandenden Applaus zu ihrer Rede, anlässlich der Verleihung einer CNN-Trophäe, hinter dem Vorhang zusammenbrach, fühlte sie sich alt und ausgebrannt.

Nach dem Kreislaufkollaps hatte ihr der Kardiologe in der Reha-Klink bei Boston gesagt, dass sie spätestens in drei Jahren einen Herzschrittmacher bräuchte, wenn sie so weitermachen würde. Sie war jetzt 54, Single, kinderlos und eine bekannte Korrespondentin. In ihrem Job hatte sie alles erreicht.

Es war an der Zeit, neue Prioritäten zu setzen. Sie wollte raus aus dem Rattenrennen. Ihr Verlagschef zeigte angesichts des *kleinen Aussetzers*, wie er den Zusammenbruch nannte, Verständnis hinter geheuchelter Betroffenheit. Schon im Oktober übergab sie die Penthousewohnung in Manhattan an ihre Nachfolgerin bei CNN. Sie tat das alles ohne Wehmut und ohne Existenzangst. Finanziell war sie bestens aufgestellt und der Schock hatte ihre persönliche Gesundheit auf Platz eins der inneren Hitliste katapultiert: Noch vor dem Jahreswechsel 2047 schwor sie konsequent Alkohol und jeglichem Fast Food ab.

Hanna Lundt zog es in die heilsame Ruhe von Martha's Vineyard, einer Cape Cod vorgelagerten Walfängerinsel. Gleich bei ihrem ersten Besuch 2018 hatte sie sich in das Eiland verliebt. Eine ältere Kollegin, die in den 1990er Jahren tatsächlich einen Artikel über Sylt im amerikanischen Vogue Magazin veröffentlicht hatte, schwärmte ihr auf dem Presseball 2016 in Washington schon davon vor.

»Oh, Hanna, you have to visit Martha's Vineyard, it is like Sylt, so beautiful«[13].

Sie hatte recht behalten. Die langen Strandspaziergänge barfuß im warmen Sand, entlang des rostbraunen Kliffs, ließen bei Hanna Erinnerungen ans Sylt ihrer Kindheit aufsteigen. Diese Insel war der einzige Ort, der sie in den späteren, wilden Jahren als Starreporterin bei CNN, ein–, zwei mal im Jahr zur Ruhe bringen konnte.

Hanna suchte sich ein kuscheliges Cottage nördlich von Edgartown in den Dünen von Martha's Vineyard. Sie verbrachte dort ab Mai 2047 einen Sommer mit Lesen, Sonnen und geselligen Runden am Badestrand. Am besten gefielen ihr die bunt lackierten, auf hohen Holzstelzen gebauten Rettungsschwimmerstände, an denen die jungen Life Guards[14] mit ihren Surfermädchen abhingen. Sylter Strandflair, wie einst bei Buhne 16, dachte Hanna. Wenn abends das Lagerfeuer knisterte, tauchten hier manchmal bekannte Stars der Szene in zerrissenen T-Shirts und

---

13 engl: Oh Hanna, du musst Martha's Vineyard besuchen, es ist so wunderschön wie Sylt.
14 engl.: Rettungsschwimmer

abgewetzten Boardshorts auf, griffen zu Gitarre oder Didgeridoo. Bei diesen Gelegenheiten lernte sie auch Kollegen der legendären 3M's-Redaktion näher kennen. *Martha's Modern Magazine* war in ganz Amerika schon seit Jahren ein Begriff für Unterhaltung auf hohem Niveau. Es war ein kleines, aber feines Multimedia Unternehmen, das von einer erlesenen Crew guter Journalisten geführt wurde und seinen Sitz auf der Insel hatte. Natürlich kannte Hanna den Herausgeber seit Jahren persönlich aus Pressekonferenzen und nun begegnete er ihr hier in Badehose und Flip-Flops.

»Hanna, wir würden uns sehr geehrt fühlen, wenn du ab und zu unser kleines Team bereichern würdest«, hatte er ihr bei einem dieser Fire-Drum-Meetings[15] am Strand gesagt.

Nach einigen Wochen Bedenkzeit, nahm sie das Angebot an, als *Freie* bei der 3M's-Redaktion mitzumischen. Allerdings, nicht ohne einige Bedingungen zum Schutz ihrer Gesundheit zu stellen: Kein stressiges Tagesgeschäft und stets die eigene Wahl, was die Story anging.

Nach einigen Routinejobs rund um Themen, die amerikanische, gut situierte Middleclass-Familien Sonntagnachmittags auf der Sonnenliege verschlangen, wartete Hanna auf eine spannendere Story.

---

15 engl.: Lagerfeuer-Trommel-Treffen

Anfang April 2050 landete plötzlich diese kurze CNN Meldung in der Redaktion:

»Horace Dotter, der Präsident der Vereinten Nationen, überreicht Deutscher Inselbevölkerung den *World Championship Award for Human Conscious Living.*«[16]

Sie konnte es kaum glauben, aber gemeint war tatsächlich Sylt, ihre langweilige Heimatinsel, die sie vor 36 Jahren überstürzt verlassen hatte.

---

16 engl.: Weltmeistertitel für menschliches, bewusstes Zusammenleben

URDIG

Rantum/Sylt, 29. April 2050

»Gestatten Sie, dass ich mich einmische? Ich bin Urdig.

Hanna habe ich vor allem als kleine Badenixe am Rantumer Strand in Erinnerung. Aus den Zeiten um die Jahrtausendwende, als wir mit mehreren Familien jedes Wochenende vor Onkel Toms Hütte in der Sonne verbrachten. Das war ein aus Strandholz gezimmerter Rettungsschwimmerstand, auf dem Freunde ihren Dienst taten. Die Erwachsenen schwatzten, lasen oder surften, während die Kids kreischend, stundenlang im Wasser herumtollten.

Ich bin *Er*, von dem zwischen Jerry Garcia und Hanna die Rede ist. Ja genau, der 91-jährige. Als Mitglied des Ältestenrates hatte ich die Ehre, den Preis von Horace Dotter vor drei Wochen stellvertretend für die Inselgemeinschaft, in Empfang zu nehmen.

Seit der Wende bin ich auf auf Sylt als *Baas Spuaier*[17] Urdig bekannt. Den Namen habe ich von einem alten, friesischen *Medizinmann* bekommen. Er bedeutet so etwa: der Meister-Seher an der Spitze. Meine Freunde nennen mich einfach Urdig.

---

17 Sylter Friesisch: Meister Seher, Spökenkieker

Übrigens Holofon. Natürlich habe ich das Ding schon mal ausprobiert. Als meine Nichte im Winter 2049 vom internationalen Insel-Thing[18] auf Kauai anrief. Sie saß umringt von einer Kahunafamilie im Hawaiinischen Regenwald. Ich konnte komplett um ihre Emanation herumgehen und es war so, als hätte ich sie direkt vor mir. Als ich ihr einen Kuss auf die Wange geben wollte, knutschte ich jedoch ins Leere. Eben doch alles Illusion, diese 3D-Telefonie.«

18 traditionelles Ratstreffen der Insel-Stämme

Die Reise

New York/ USA, 30. April 2050

Vierundzwanzig Stunden nach dem Gespräch mit Redaktionschef Jerry saß Hanna in der riesigen Halle des John F. Kennedy Airports, mitten in New York.

Manager und Touristen strömten an ihr vorbei in den Trichter– ein ausgeklügeltes Personenleitsystem, das sich fünfzehn Jahre zuvor, an Bahnhöfen und Flughäfen durchgesetzt hatte. Es sorgte für das Gefühl permanenter Bewegung, obwohl man objektiv gesehen kaum voran kam. Psychologen hatten festgestellt, dass Menschen in Schlangen und Staus proportional zur Stillstand-Zeit aggressiver werden. Gibt man ihnen das Gefühl immer ein wenig voranzukommen, bleibt der Aggressionslevel unterhalb einer gefährlichen Schwelle. Nach dem es, wegen langer Warteschlangen, an mehreren Großflughäfen zu Amokläufen mit Dutzenden von Toten gekommen war, wurde die Technologie des Trichters aus Sicherheitsgründen weltweit von der internationalen Luftfahrtbehörde, an allen großen Airports als Standardabfertigung eingeführt.

Der Clou des Trichters war eine 3 D-Brille, die jeder Fluggast bei Eintritt in das Flughafengebäude erhielt. Über diese Brille wurde der Reisende virtuell bis zum Platz im Raumtransporter durchgeleitet ohne dass er umständliche Ticketkontrollen, oder Gepäck- und Personenchecks durchlaufen musste. Die Sicherheitskontrolle geschah en passant durch ungefährliche MWS-Strahlungsdetektoren. Millimeterwave-Strahlung spürte alles auf, was nicht in den Flieger gehörte. Personen, die noch Unerlaubtes mit sich führten, wurden diskret aus dem Besucherstrom geführt. Sollte sich trotz dieser Erleichterungen noch irgendwo ein Stau bilden, spielte die Flughafensicherheitsleitung Animationen in die 3 D-Brille ein. Die simulierten ein Vorankommen und senkten somit den *Aggro-Pegel.*

Hanna hatte bei Jerry die Buisinessclass partout nicht durchsetzen können und befand sich nun mit den anderen 999 Passagieren im Trichter für die Touristenklasse des Fluges ICA1157 nach Hamburg. Heute lief alles reibungslos, sodass sie keine zehn Minuten später ihren Platz in der Transportdrohne eingenommen hatte: Eine kleine, individuelle Kabine mit Sauerstoffdusche, Nahrungsschläuchen, Videoscreens, Fühlanimationen und was Fluggäste sonst noch so auf einem interkontinentalen Flug zur Unterhaltung brauchen. Jetzt noch zwei Stunden Reise mit Mach-Vier Geschwindigkeit und Hanna würde das erste Mal nach sechsunddreißig Jahren wieder europäischen Boden unter den Füßen haben.

Seit 2015 hatte sich die zivile Luftfahrt schrittweise in einen unbemannten Passagiertransport gewandelt.

31

Auslöser waren mehrere spektakuläre Abstürze von Urlaubsfliegern, die auf menschliches Versagen zurückgeführt werden konnten. Demzufolge wurden zuerst die anachronistischen Pilotenjobs abgeschafft, das war aus sicherheitstechnischen und ökonomischen Gründen vernünftig. Mitte der 2020er Jahre wurden Stewards und Stewardessen durch Roboter ersetzt. Hanna genoss den schnellen Flug, denn sie wusste, dass die Reise ab Hamburg komplizierter und deutlich langsamer werden würde.

Jerry hatte ihr über den deutschen Botschafter in Washington eigens ein Presse-Sondervisum für den Kurzaufenthalt auf Sylt besorgen müssen. Normalerweise war die Einreise auf die Insel nur für Gäste mit mindestens drei Wochen Aufenthaltsdauer gestattet. Außerdem lud Jerry ein Sylt-Bitcoin-App auf ihr Smartphone. Bitcoin, das Zahlungsmittel für die Insel, war eine virtuelle Währung, die völlig unabhängig von staatlichen Banken funktionierte. Jerry erklärte ihr, dass in der App sämtliche Kosten gesammelt und nach ihrer Reise vom Konto abgebucht würden. Bargeld war also nicht nötig und offenbar hatten die Insulaner jetzt eine große Gemeinschaftskasse.

Es gab von Hamburg aus zwei Möglichkeiten, Sylt zu erreichen. Per *Solar-Zigarre* oder *H_2-Gleiter*. Beide Wege dauerten etwa drei Stunden. Die Anreisezeit ab Hamburg hatte sich seit Hannas Kindheit also kaum verändert. Gefühlt war sie jedoch mindestens dreimal so lang, denn alle anderen Strecken waren durch den

Einsatz modernster Verkehrsmittel zeitlich deutlich verkürzt worden.

Die Solar-Zigarre war ein elektrisch betriebenes Luftschiff, das bis zu einhundertzwanzig Personen in einem gemächlichen Flug entlang der nordfriesischen Küste zum Luftschiff-Poort in Westerland transportierte. Der riesige Zeppelin fuhr in rund fünfhundert Metern Höhe. Seine Außenhülle bestand aus Solarzellenfolie, sodass der Strom für den Antrieb, autark vom Luftschiff selbst erzeugt wurde. Der H_2-Gleiter war ein geräumiger Hydrofoil-Katamaran mit Wasserstoff-Brennstoffzellen. Solarzellen auf dem Deck generierten genug Strom, um das Gas für die PS-starken Schiffsmotoren, per Elektrolyse zu produzieren. So war auch dieses Transportmittel energietechnisch autark und unabhängig von Tankstellen. Der Katamaran fuhr auf der Strecke Hamburg – Hörnum, via Helgoland und Amrum, und konnte bis zu zweihundertfünfzig Personen aufnehmen. Pro Tag durften nicht mehr als jeweils zwei Fahrten von Zigarre und Gleiter die Insel ansteuern. Eine Zugverbindung existierte nicht mehr. Der Hindenburgdamm, jene Eisenbahnstrecke, die seit 1927 von Niebüll bis Westerland, quer durch den Nationalpark Wattenmeer, Millionen Personen und Autos auf das Eiland gekarrt hatte, war schon 2019 von einem kleinen *RIF*-Kommando, auf dem Höhepunkt der Revolte, gesprengt worden.

Hanna entschied sich für die Solar-Zigarre. Das hatte den Vorteil, gleich ab Hamburg Airport weiterzureisen. Vor allem sollte es ein bezauberndes Erlebnis bieten: Lautlos im Tiefflug über die nordfriesische *Lego-Landschaft* mit grünen Deichen, geringelten Leuchttürmen, weißen Außensänden und kleinen Halligen segeln.

Das Gesicht des Kontrolleurs am HAPAG-Luftschiff-Poort Hamburg war sonnengebräunt und vom Salzwind zerfurcht. Er schaute Hanna fast mitleidig an. »Nur eine Woche? Sind Sie Euro-Beamtin, oder so was?« Nö, Presse, zischte Hanna und ließ sich die Hängetreppe in den Zeppelin hinaufführen.

Auf der Hülle des Luftschiffes leuchtete in Großformat das Wappen der Insel Sylt: Eine geschlossene Hand dessen Daumen und kleiner Finger abgespreizt waren. Dazwischen die drei Buchstaben *RIF*. Hanna hatte keine Ahnung, was die Buchstaben bedeuten sollten, aber das Handzeichen kannte sie von Hawaii: Es war die Shaka-Geste und bedeutete in der internationalen Zeichensprache der Surfer schon seit den 1940er Jahren *Hang-Loose*: Spann aus, lass los, relax!

Die Gondel unter dem Luftschiff bot ausreichend Raum für 120 Passagiere. Die loungeartigen Diwans luden ein, sich leger hinein zu fläzen. Die Passagiere konnten sich bequem auf den Bauch legen und durch den glasklaren Boden des Zeppelins, den Nationalpark Wattenmeer und die vorüberziehende Küstenlandschaft genießen. Das Luftschiff selbst erzeugte kaum hörbare Fahrtgeräusche.

Die Stewards und Stewardessen agierten in einer maritimen Funktionskleidung, dessen flauschiges Material weich und kuschelig wirkte. Am Rollkragen blitze ein kleines Logo mit einer Möwe auf: *Inselkind-Original NeoFrott®, seit 2022*. Als der kleine Cateringwagen vorbeikam, fragte Hanna den Steward nach dem Material.

»NeoFrott ist Sylter Inselkleidung«, sagte er freundlich. »Echt gut zu tragen und super regendicht.«

Dabei stellte er Hanna einen Green-Hallig-Smoothie[19] und eine kleine Spitztüte mit veganen Knabbereien aufs Tablett.

Die Innenausstattung der Gondel zeigte runde, weich-fließende Formen und pastellfarbene Töne. Wo möglich, war Strandholz, altes Messing und Baumwollleinen verbaut worden, um auf den bevorstehenden Urlaub an der See einzustimmen.

Hanna hatte im Interkontinental-Raumtransporter noch über die rückständigen Friesen geflucht, weil die Reise von Hamburg nach Sylt länger dauern würde, als der Flug von New York in die Hansestadt. Jetzt war sie bezaubert und fast wehmütig, als nach drei Stunden und zehn Minuten die faszinierende Luftschiffreise zu Ende ging.

Der Landeanflug am Luftschiff-Poort *Wolfgang von Gronau* auf Sylt kündigte sich über ein dreima-

---

19 Smoothie, engl.: frisch gepresstes oder gequriltes Frucht- oder Gemüsegetränk mit hohem Vitamingehalt

liges, lautes Schiffshorn an. Die Crew ging noch einmal herum und sammelte Gläser und Geschirr ein. Hanna nutzte die Gelegenheit und hielt kurz einen Steward an:

»Was bedeuten eigentlich die drei Buchstaben im Sylter Wappen?«, fragte sie.

»*RIF*? Das ist unser Insel-Motto und steht für Rückschritt ist Fortschritt«. Dann lachte der Steward. Der völlig verblüffte und ungläubig-schockierte Gesichtsausdruck einer, gerade erst aus dem amerikanischen Fortschrittswahn ausgespuckten Reporterin amüsierte ihn zutiefst.

Rückschritt ist Fortschritt. Das war geradezu eine Provokation, ein Spruch, der für Hanna morsch und altmodisch klang, irgendwie total von gestern.

Aber hatte sie nicht eben eine Erfahrung gemacht, die diesen Spruch tatsächlich spürbar bestätigte. Schließlich war sie mit einem Luftschiff gereist, also einer Technologie, die ihre Blüte vor einhundertzwanzig Jahren gehabt hatte. Und war das Gefühl des Reisens auf diese Art und Weise nicht tatsächlich ein echter Fortschritt für Körper, Geist und Seele gewesen?

Ja, das musste sie zugeben. Und eines wusste sie jetzt auch: die erste Frage an den 91-jährigen Urdig wäre: »Was steckt hinter der Philosophie von *RIF*?«

Die Landung

Hanna war gespannt, den greisen Urdig zu treffen. Sie kannte ihn aus ihrer Kindheit. Er war der Onkel ihrer Schulfreundin, mit der sie damals so viel Zeit am Rantumer Strand verbracht hatte. Von ihr hatteHanna, seit dem überstürzten Aufbruch in die USA, nichts mehr gehört. Wie auch? Hanna meldete sich aus Amerika bei niemandem mehr. Sie hatte einfach ihre Vergangenheit hinter sich lassen wollen. Deshalb lag ihr jetzt der Gedanke an eine Begegnung mit ihrer Mutter Conny, ziemlich quer im Magen. Sie hatten zwar nach Jahrzehnten des Schweigens vor einiger Zeit wieder lockeren Kontakt aufgenommen, aber im Grunde, war sie ihr fremd geworden. Hanna beschloss, ihr erst einmal aus dem Weg zu gehen und ihre Arbeit zu erledigen. Mit Urdig hatte sie sich für den kommenden Tag in seinem Uni-Büro verabredet.

Trotz seines stolzen Alters unterhielt der alte Weise nach wie vor seinen Sitz im runden Saal der *Quelle*. So nannten die Insulaner die Sylter *Universität für lustvolles Lernen*, die offiziell *Campus Sylt* hieß. Sie war auf einem Gelände in Rantum entstanden, das bis in die zwanziger Jahre von mehreren Kasernenbauten aus dem vergangenen Jahrhundert verunstaltet war und von einem auffälligen, kreisrunden Glasbau einer Trinkwasserquelle flankiert wurde. Die Architektur des Quellenhauses war später bei der Neuplanung des Campus Sylt maßgebend für das weitere Design des Platzes, nachdem die Kasernenbauten, sowie das nahegelegene Dorf-Hotel abgerissen waren. Um das Quellenhaus waren nun in konzentrischen Kreisen Hörsäle, Arenen, Praktikums- und Seminarräume gruppiert. Alles aus Baustoffen errichtet, die auf der Insel noch erlaubt waren, wie Holz, Glas, Stein, Klei, Lehm und andere Naturmaterialien. In erster Linie aus Maritimstahl, einem natürlichen Ersatzstoff, der auf der Basis von Byssusfäden, dem elastischen Klebsekret der Miesmuschel hergestellt wurde. Der alte Rantumer Segelhafen und das Vogelschutzgebiet Rantum Becken flankierten den Campus Sylt im Nordosten.

Hanna blickte fasziniert vom Liegepolster des Luftschiffes auf diesen merkwürdigen Ort hinunter. Aus der Luft sah der Komplex aus, wie ein magisches Mandala, das an die mysteriösen Kornkreise erinnerte, die in letzter Zeit weltweit immer häufiger aufgetaucht waren.

Die Solar-Zigarre näherte sich der Insel lautlos und sanft im goldenen Abendlicht einer gerade im Meer untergehenden Frühlingssonne. Es war 22 Uhr. Aufgeregt sog Hanna beim Anflug die vertraute Sylt-Silhouette zwischen der Hörnumer Südspitze und dem Lister Ellenbogen auf. Das war ihre Insel! An der einmaligen Form hatte sich in knapp vierzig Jahren kaum etwas geändert. Nur der Hindenburgdamm, die schmale Verbindung zum Festland, fehlte und die Südspitze schien deutlich verkürzt. Hanna konnte von hier oben kaum Gebäude ausmachen. Still lag die Insel im Dunst, umrahmt von graugrünen Wattflächen und der weiten, offenen Nordsee. Im Osten der Insel reflektierten zahlreiche, mäandernde Wasserläufe und kleine Seenplatten das rötliche Abendlicht. Die Solar-Zigarre näherte sich stetig dem Strand von Westerland und setzte sanft auf der beleuchteten Landefläche am Kurgebiet auf.

Beim Aussteigen bekam Hanna eine Gänsehaut und ihre Augen füllten sich mit Tränen. Diese Sylter Luft, der Duft von Dünenheide und das Rauschen der Brandung – das alles hatte sie zutiefst vermisst ohne davon zu ahnen. Als sie das Gepäck am Luftschiff Poort entgegennahm, war es bereits dunkel. Dennoch erkannte Hanna den Brandenburger Strand wieder, der das Kur- und Pensionsviertel von Westerland flankierte.

Sie hatte versucht, sich ein Quartier für die Woche zu buchen, erfuhr aber, dass es nur noch sehr wenige hochpreisige BIO-Hotels auf der Insel gab. Anonyme Appartements existierten nicht mehr. Es gäbe fast nur noch Familienpensionen, also kleine, von Sylter Vermietern betriebene Bed-and-Breakfast-Häuser in jeder gewünschten Preis- und Ausstattungslage.

Hanna hatte sich für eine Pension in unmittelbarer Strandnähe entschieden: *Haus Westwind*, Klara-Enss-Straße 21. Nachdem sie die kurze Buchungsdauer mit dem Zweck ihrer Reise entschuldigt hatte und erwähnte, dass sie auf Sylt geboren sei, hatte die Wirtin, Frau Krüger, freundlich eingelenkt und Hanna ein Zimmer reserviert.

Vom Gronau-Poort am Brandenburger Strand waren es nur wenige hundert Meter bis zur Klara-Enss-Straße. Wegen der langen Reise und der fortgeschrittenen Tageszeit, nahm Hanna dennoch eine der zahlreichen Velotaxen. Die pedalbetriebene Rikscha sah aus wie ein ovales Ei auf Rädern und der junge Taxifahrer fuhr Hanna in wenigen Minuten zu ihrer Unterkunft.

Irgendetwas fühlte sich auf der kurzen Fahrt durch die Dunkelheit anders an als Früher. Morgen bei Tageslicht würde sie mehr wissen.

Das Ehepaar Krüger hatte ihr einen wirklich warmen Empfang bereitet. Es war schon gegen 23 Uhr und trotzdem hatte Frau Krüger noch eine gute, heiße Sylter Suppe aus Meerstrandwegerich, Kartoffeln und Brunnenkresse zubereitet. »Zum Erden!«, meinte sie, als sie die dampfende Schale mit einem Stück Sylter Krustenbrot und der Lister Dünenkräuterpaste auf den Holztisch stellte. »So eine Flugreise zehrt doch immer ganz schön viel Energie.«

Hanna schlief das erste Mal seit Jahren eine ganze Nacht durch, bis sie von der Sylter Morgensonne und einer Meeresbrise geweckt wurde.

Zum Frühstück gab es ein Müsli mit Insel-Sanddornsaft, Hörnumer Moosbeeren, Morsumer Äpfeln, selbstgemachtem Joghurt, Mandelmilch und Hanfsamen. Anschließend zog es Hanna zum Strand. Die

Klara-Enss-Straße mündete in eine steile Treppe, die ihr aus der Kindheit noch als *Himmelsleiter* bekannt war. Sie erklomm die einhundert und fünf Stufen und genoss den Moment, über den Dünenkamm zu steigen und unter dem weiten, blauen Maihimmel auf das Strandpanorama zu blicken. Sie schloss kurz die Augen und nahm mit allen anderen Sinnen wahr. Dann öffnete sie ganz bewusst ihre Augenlider und ließ das Bild auf sich wirken. Sie staunte! Nach Norden und Süden, säumte wie immer der makellose Sandstrand die Brandungszone. Aber das Meer war von hier aus nur noch als feiner, weißer Brandungsstreifen in der Ferne zu sehen. Eine weite, weiße Sandfläche erstreckte sich zwischen Promenade und offener Nordsee. Dort rollten einige bunte Strandsegler um die Wette. Der alte Wellenmess-Poller fehlte im Bild, der damals noch rostig-gelb aus dem Meer vor Westerland ragte. Am Strand waren auch keine Stein-, oder Metallbuhnen mehr zu sehen. Dafür standen am Dünenfuß lange, bunte Surf-Racks, in denen Surfer ihre Wellenreiter deponierten.

Ein ungewohntes Bild zeigte sich ihr auch in Richtung Nordosten. Die hässlichen Westerländer Hochhäuser der 1960er Jahre existierten nicht mehr. Das einzige, höhere Gebäude, das sie noch aus ihrer Jugend kannte, war das alte, hübsch restaurierte Hotel Mirarmar aus dem Jahr 1903.

Im Grunde waren alle hässlichen Billig-Bauten und funktionellen Betonklötze verschwunden. Geblieben waren die alten Villen der Gründerzeit und neue Gebäude, die durch ihre architektonische Originalität und Einzigartigkeit ins Auge fielen. Sendemasten und grelle Werbeinstallationen konnte Hanna im Stadtbild von Westerland nicht mehr entdecken.

Hannas Blick schweifte über das Gebiet, das sie als ihre Heimatstadt bezeichnete. Das Ganze hatte jetzt eher die Ausstrahlung eines naturnahen, sympathischen Küstenortes mit viel Düne, Grünflächen und kurvenreichen Gassen zwischen den ungewöhnlichsten Häusern. Einige erinnerten sie an die Rundbauten der Hobbits aus Tolkiens *Herr der Ringe*: Ovale Behausungen mit Grasdächern, Bullaugen und runden Eingangstüren, die überhaupt erst auf den zweiten Blick in der Dünenlandschaft auszumachen waren. Viele wirkten wie gefensterte Ostereier in unterschiedlichsten Größen. Andere traten, ganz bewusst auffällig, aus der Umgebung hervor und sahen wie knallbunte Cindarella-Schlösschen aus. Manche Gebäude reflektierten dort, wo früher Ziegeldächer gewesen wären, mit reinen Glaskuppeln die Sonne. Offenbar wurde dort Gemüse und Obst gezogen. Es gab keine schnurgeraden Straßen mehr. Die meisten Wege waren gepflastert und schlängelten sich durch Strandhaferdünen und Heideflächen. Hanna ging die Treppe zum Strand hinunter, über die hölzerne Promenade, bis zum Hauptstrand-Übergang.

Die Friedrichstraße war einmal die wichtigste, schnurgerade Einkaufsmeile der Insel gewesen. Nun mäandrierte sie in zahlreichen Schleifen von hier bis zum ZIB, dem zentralen Internet-Hub, am alten Bahnhof. Hanna hatte gelesen, das die Inselbaumeister nach der Wende Feng Shui[20] Berater eingesetzt hatten. Die Fachleute bewirkten mit landschaftsarchitektonischen Mitteln ein Abbremsen des energetischen Einflusses vom offenen Meer her. So nutzten sie die Chi-Kraft aus dem Westen konstruktiver für die Lebendigkeit des Bürgerviertels.

Früher waren Wind und Wetter durch die Fußgängerzone gefegt und hatten oft viel Schaden angerichtet. Das starke, direkte Energiefeld, hatte massiv zu der aggressiv-nervösen Goldgräberstimmung in der Kaufmeile beigetragen. Jetzt war sie zu einer friedlichen, bunten Café-Spiellinie verwandelt. Sie hieß offiziell *Straße des fortschrittlichen Rückschritts*, wurde aber nur *die Schnackstraße* genannt. An jeder Ecke hielten Freunde und Bekannte ein Schwätzchen oder saßen zu Brettspielen auf den Bänken.

Hier wechselten kleine Bioläden mit Vollwert-Bäckereien, Spezialitäten-Shops, Algenbars, Bücherstuben, Surfer Workshops, mit Saft- und NeoFrott-Läden. Die liebevoll gestalteten Ladenfronten zeigten ihre Slogans mit künstlerischen Schriftzügen auf Strandholzbrettern oder alten Vintage-Longboards[21].

---

20 chin.: daoistische Harmonielehre aus China, die Wert auf die
   unterstützende Gestaltung der Umgebung legt
21 engl.: Surfbretter im Retrolook

Dazwischen klang Live-Musik aus den Kneipen, aus windstillen Strassenecken und einer Instrumenten-Werkstatt im alten Henner Krogh Haus. Entlang der verschlungenen Straße, amüsierten Straßenkünstler das Publikum. Oben an der Promenade fand die Schnackstraße ihren krönenden Abschluss mit einer großen Club-Diskothek, deren weite Panoramascheiben sich nach Westen zum Meer hin wölbten.

Die gesamte Glasfront vom Ocean Dance Club konnte hochgefahren werden, sodass an windstillen Tagen Nachtschwärmer direkt am Strand in der lauen Meeresbrise tanzen konnten. Tagsüber verwandelte sich die Disco in einen Wellness-Club mit Entspannungslandschaft, in der Gäste bei Smoothies und Fruchtcocktails zu den neusten Loungebeats aus aller Welt abhingen. Die alte Konzertmuschel auf der Promenade existierte nicht mehr. Dort hatte Hanna in Kindertagen die schrägen Klänge ungarischer Klassik-Combos und billiger Schlagerbarden ertragen müssen. Nun öffnete sich hier eine geräumige *Open Stage*. Hier traten fast täglich Künstler von der Insel und den befreundeten Weltnationen *Umsonst und Draußen* auf, quer durch die musikalischen Genres. Bei Wind und Wetter stülpte sich ganz automatisch eine große Glaskuppel über die Szene, sodass im Trockenen weiter gerockt werden konnte.

Hanna überquerte die Treppe am Miramar, in Richtung Innenstadt dort, wo früher die Kurkartenkontrolle mit eisernem Blick jeden stoppte, der keinen gültigen Ausweis für den Strandzugang vorlegen konnte. Von Kontrolle war hier nun keine Rede mehr. Im Gegenteil, ein phantasievoll gestaltetes Tor aus rosafarbenem Granit bildete ein herzliches Entree zur Schokoladenseite der Insel. Der Stein war filigran bearbeitet worden und zeigte von der Stadtseite aus die bunte Vielfalt der Nordseetiere: Ganz oben ein mächtiger Pottwal, umringt von Tümmlern, Robben und dem Schriftzug Seven Oceans - One World.

Hanna ging durch das Tor, von der Strandseite aus, in Richtung *Schnackstraße*, und blickte auf in Stein gemeißelte Darstellungen der neueren Inselgeschichte, überwölbt vom Hang-Loose Wappen mit dem *RIF*-Schriftzug.

Die Sylter hatten das Tor von ihren balinesischen Freunden beim letzten World-Meeting auf Sylt geschenkt bekommen. Eine längst überfällige Dankesgeste für den Anstoß der Sylter Insulaner zur weltweiten *RIF*-Bewegung.

Ein Pendant aus gleichem Stein und von gleicher Machart bildete das Eingangstor zum Hauptstrand der balinesischen Stadt Kuta, dem marokkanischen Taghazout, dem Hikkadua-Beach auf Sri Lanka, dem Hawaiinischen Kauai, dem Arambol-Beach von Goa und zahlreichen weiteren Strandorten und Inseln der Welt, die sich der Bewegung angeschlossen hatten, seit sie im Jahre 2021 auf Sylt ihren Anfang nahm.

Hanna konnte es kaum glauben: in knapp 40 Jahren hatte sich hier unglaublich viel verändert.

Aber war die Zeit ihrer Kindheit, als das digitale Zeitalter mit iPhones, Ipads und schließlich auch iCars über die Menschheit hereinbrach, nicht von einem ebenso rasanten Wandel geprägt gewesen?

Das Treffen

Sylt, 1. Mai 2050

Herkömmliche Kraftfahrzeuge waren auf der gesamten Insel nicht vorhanden. Hanna griff sich einen der Windkraft-Wheeler, die überall zur kostenfreien Nutzung herumstanden. Sie gab Gas. In fünfzehn Minuten sollte sie Urdig in dessen Büro auf dem Campus Sylt von Rantum treffen.

Windkraft-Wheeler waren Segway-ähnliche Standflieger, die auf einem Magnetfeldkissen über den insularen Induktionsschleifen schwebten. Der Antrieb lief über eine Wasserstoff-Brennstoffzelle. Das Abgas bestand aus reinem H_2O. Wegen der Witterungsschwankungen waren die Wheeler als offene Cabrio-Variante oder mit einer transparenten, wetterfesten Haube verfügbar.

Die ganz sportlichen nutzten Hydrofoil-Kites, die mit der Kraft des Windes über das Wasser flitzten. Das waren die maritimen Vorgängerversionen der Magnetfeldschweber und schon seit 2015 auf der Insel beliebt, nachdem sie von französischen Kitern[22] beim World-Cup eingeführt worden waren. Der benötigte Wasserstoff für die Windkraft Wheeler wurde von

---

22 engl.: Surfer mit Lenkdrachen

den Offshore-Windfarmen, den sogenannten Power-Units, weit draußen westlich der Insel geliefert.

Neben den Wheelern gab es noch weitere, alternativ betriebene Fahrzeuge für den Rettungsdienst und die Feuerwehr. Auch als Baumaschinen und für den Einsatz in Gartenbau und Landwirtschaft. Außerdem stand ein Hubschrauberlandeplatz für besondere Situationen zur Verfügung. Die Hubschrauber flogen im Notfall zu Krankenhäusern und anderen Einrichtungen des Festlandes. Natürlich liefen deren Maschinen auch auf Ökobasis: die Firma *Nosch* produzierte in Kooperation mit dem Sylter *RIF*-Institut neuartiges Flugbenzin aus Meeresalgen.

Das wichtigste öffentliche Verkehrsmittel der Insel war jedoch die Magnetschwebebahn. Sie verkehrte auf einer Induktionsspur entlang der alten Sylter Landstraße zwischen List und Hörnum sowie Westerland und Morsum. Die Bahn war urlauberfreundlich konstruiert. Eine ovale Spezialglaskonstruktion gewährte den Fahrgästen einen ungehinderten Panoramablick auf Meer und Landschaft. Die Sylt-Bahn war relativ schnell. Die Strecke Hörnum - List fuhr sie in 45 Minuten, gerechnet auf zehn Haltewünsche. Ein- und Ausstiegsmöglichkeiten gab es jedoch überall. Zum Stoppen der Bahn drückte man nur den Halteknopf oder winkte am Wegesrand mit einem Hologramm-Reflektor, der an jedem Kiosk erhältlich war. Deshalb existierten auch keine Fahrpläne. Zwei Bahnen fuhren vierundzwanzig Stunden am Tag ständig zwischen Süd-, Nord- und Ostspitze hin und her. Freilich ohne Fahrer! Alles war computergesteuert. Jede Bahn verfügte über einen geräumigen Frachtwaggon für Surfbretter, Räder oder sonstige sperrige Gegenstände. Im Bereich von wichtigen Strandübergängen und Knotenpunkten standen ausreichend Handwagen mit Elektro-Hilfsmotor und Spezialreifen für Sandböden zur Verfügung. Damit fiel es Fahrgästen leicht, Kleinkinder, Koffer, Surfbretter, Spielzeug und ähnliches unbeschwert zur Pension oder zum Strand zu befördern. Als letzten Waggon gab es bei der Syltbahn eine Möglichkeit für notorische Autofahrer. Um ihre Sucht zu kurieren, konnten sie in Einzelkabinen Platz nehmen, die so wie das Cockpit eines Autos als Fahrsimulatoren ausgestattet waren. Die Motortouristen wählten dann ein Ambiente zwischen Porsche und SUV[23], über Sprinter, Mini und zahlreichen weiteren Autotypen. So konnte die Magnetbahn vorerst mit dem alten Lebensgefühl eines individuellen Kraftfahrers genutzt werden und zum langsamen Ausschleichen einer psychischen KFZ-Abhängigkeit beitragen.

Alles, was nicht individuell oder per Magnetschwebebahn transportiert wurde, beförderten die Insulaner mit klassischen Pferdefuhrwerken und Kutschen. Für ganz eilige Angelegenheiten standen zusätzlich kleine unbemannte Post-Drohnen zur Verfügung, die

23 engl.: Sport Utility Vehicle, Geländewagen

Briefe und Pakete insular verteilten und zum nächsten Postamt auf dem Festland flogen.

Außer für Fahrräder und andere rollende Sportgeräte wie Skateboards, Inlineskater und Windroller, brauchte die Insel keine glatten Straßen mehr. Fußgänger flanierten auf den schönsten Pfaden, gestaltet nach Prinzipien des Feng Shuis und angelegt aus Naturmaterialien und historischen Pflastersteinen.

Sämtlicher Asphalt war von der Insel verschwunden. Fahrrad- und Skaterwege bestanden jetzt aus einem speziellen, griffigen Material, das ausgerollt und nach Belieben jederzeit wieder aufgenommen und recycelt werden konnte. Ob Düne, Strand, Deich, Wiese oder Heide; es war in den unterschiedlichen Farben der Inselböden erhältlich und passte sich optimal an jeden Landschaftsteil an. Einmal verlegt, war kein Wartungsaufwand mehr nötig. Der besondere Clou lag in der Solarkapazität des Materials. Es nutzte das Tageslicht und wandelte es in Energie um, die nachts mit Leuchtstreifen an den Wegrändern für sicheres Fahren sorgte. Überschüssigen Strom gaben die Solar-Straßen direkt ins insulare Netz ab. Zusätzlich hatte das Material atmungsaktive Qualität und war durchlässig für Regenwasser, um eine Versiegelung des Naturbodens zu vermeiden.

Weitgehend unbenutzte Wege rollten Syltpfleger einfach ein, verlegten sie anderswo oder erst wieder zur Hauptsaison.

Hanna hatte sich auf die Induktionsspur Düne eingeloggt. Es war möglich zwischen unterschiedlichen Spuren zu wählen, die für Unkundige im SyltInfo-Flyer erläutert waren. Die Mangetfeldreflektoren selbst durchzogen unsichtbar das Erdreich der ganzen Insel.

Es gab die Spuren Düne (grün), Strand (gelb), Wald und Wiese (braun), Salzwiese (violett), Siedlung (rot). Die Induktionsspuren leiteten den Windkraft-Wheeler automatisch durch das entsprechende Biotop und zwar so, dass naturkundlich wirklich sensible Bereiche zu notwendigen Zeiten weiträumig umfahren wurden. Beispielsweise Brutgebiete zur Brutzeit oder Hochwasserrastplätze zur Vogelzugzeit. Zudem waren die Spuren so gelegt und geschaltet, dass es nicht zu Kollisionen kommen konnte und Reisende das bestmögliche Panorama genossen.

Hanna gab einfach *Campus Sylt* in den Navigator des Wheelers ein und das Ding trug Hanna vom *RIF*-Granittor über die Außenpromenade zurück zur Himmelsleiter und schwenkte dann mit rasanter Fahrt über die Dünenkuppen in Richtung Süden. Der Blick zu beiden Seiten war aus dieser Höhe grandios: rechts die offene Nordsee und links der Nationalpark Wattenmeer. Bei Rantum flog der Wheeler eine sanfte Linkskurve. Wenige Augenblicke später parkte er in der Ladestation des runden Quellenbaus ein und dockte sich, wie von Geisterhand geführt, selbst an den Wasserstoffgenerator.

Hanna schritt durch die geräumige Drehtür des Gebäudes auf den Empfang zu, legte ihren QR-Personaldataclip auf den Glastresen und sagte zu der rosagefrotteten Sylterin:

»Ich habe einen Termin mit Prof. Urdig«.

»Sie werden schon erwartet, Frau Lundt. Bitte nehmen Sie den Lift in die Panorama-Suite.«

Als sich der Lift öffnete, stand Hanna in einem kreisrunden Kuppelbau, der komplett aus Glas konstruiert war und einen Rundumblick in die umgebende Landschaft ermöglichte. Doch dafür hatte sie im Moment gar kein Auge. Ihre ganze Aufmerksamkeit galt der Person, die jetzt auf sie zuschritt.

Urdig sah deutlich jünger aus, als sie dachte. Sie hatte mit einem freundlichen alten Herrn im Rollstuhl gerechnet. Hier aber trat ein agiler, weißhaariger in meerblauem NeoFrott auf sie zu, den sie eher auf Ende 60 als auf Anfang 90 schätzte.

»Hanna, willkommen zu Hause!« rief er ihr zu.

»Wir haben schon so lange auf dich gewartet.«

»Auf mich gewartet?« fragte Hanna erstaunt.

»Ja!«, sagte Urdig. »Wir hatten schon früher gehofft, dass du weltweit über unsere Philosophie berichten würdest. Unsere Bewegung freut sich immer über gute Publicity und darin bist du ja Expertin. Ich freue mich, dich wiederzusehen! Willst du nicht erst mal aus diesen sperrigen Klamotten rauskommen?. Freda, bitte geh mit Hanna in die Umkleide und verpass ihr einen schönen Sylter NeoFrott.«

Nach wenigen Minuten kam Hanna in einem reh-braunen Kuschel-Overall zurück in die Halle. Sie sah blendend aus.

Der hautenge NeoFrott betonte ihre Kurven und der Farbton passte zu ihrem langen, friesenblond-ge-lockten Haar.

»Naa, wie fühlt sich das an?«, fragte Urdig.

»Super«, sagte Hanna. »So bequem und ange-nehm. Optimal temperiert! Die Dinger sollen wasser-abweisend sein, oder?«

»Die sind sogar wind- und wasserdicht, aber ohne ein beengtes Gefühl zu verursachen. Von innen nach außen lassen sie Feuchtigkeit komplett passieren. Dabei regulieren eingebaute Temperaturfühler die Schicht an der Haut genau auf Körpertemperatur. Egal wie warm oder kalt es draußen ist. Die optimale Kleidung für unsere Wechselwetter-Insel.«

Die folgende halbe Stunde erhielt Hanna die volle Aufmerksamkeit. Urdig wollte genau wissen, wie es ihr in den USA ergangen war. Sie erzählte aus ihrem bewegten Leben und endete schließlich mit den Wor-ten:

»Aber eigentlich bin ich hier, um dich zu intervie-wen. Amerika wartet begierig darauf, mehr von den verrückten Sylter Öko-Spiris zu erfahren, die eine weltweite Bewegung losgetreten haben!«

Rückblick mit Grauen

»Dann will ich dir einiges in Erinnerung rufen, was bereits Tatsache war, als du noch auf Sylt warst. Als Teenie hast du das wahrscheinlich gar nicht mitbekommen. Ihr hattet ja nur Surfen, Party und Rauchen im Kopf.«

Hanna ruckelte sich in dem Designer-Sofa mit Blick auf das Rantum Becken zurecht und grinste breit zu Urdigs Worten, als sie Kuli und Block aus der Handtasche kramte.

»Du kannst dich doch sicher noch an dein Praktikum bei der Sylter Rundschau erinnern! In jenem Winter dominierte ein Thema die Lokalpresse: die Bürgermeisterwahl der Gemeinde Sylt. Hast du nicht damals gemeinsam mit der Redakteurin die Kandidaten interviewt? Sagt dir Uschi Urban noch etwas?«

»Klar, das Gespräch mit ihr war einer meiner letzten Jobs bei der Sylter Rundschau«, sagte Hanna.

»Urban wurde schließlich gewählt und damit nahm eine lang gärende Problematik der Insel von Jahr zu Jahr deutlich an Schärfe zu.«

Urdig lehnte sich entspannt in seinem Sessel zurück und fuhr mit seinem Bericht fort. Er erzählte, dass sich Uschi Urban nach der Sylter Wende als Marionette einer europaweit agierenden Wirtschaftsmafia entpuppte. Das hätten Dokumente bewiesen, die die Sylter viel später, erst nach der Revolte, in den Rathausakten fanden. Ein Kartell instrumentalisierte die gewiefte Managerin, um vorhandenes Vermögen abzusichern und aus Sylt weiteres, umfangreiches Kapital zu schlagen. Zu den Hintermännern gehörten auch jene Finanzjongleure, die über die Münchner Stoiberstrom GmbH und die Global Player Rattenstall Inc. & Demenz-AG mehrere große Offshore-Windparks nordwestlich vor Sylt kontrollierten. Ursprünglich hatten kleine nordfriesische Bürgerinitiativen mit halbwegs ökologischem Anspruch das aufwendige Genehmigungsverfahren beim Bundesamt für Seeschifffahrt durchgeboxt. Weil sie als Bürgerwindpark-AGs auftraten, drückte der Bundesumweltminister der Grünen beim Meeresschutz beide Augen zu und winkte die Offshore-Projekte im Rahmen der Energiewende durch. Ab 2010 standen die zwergindustriellen Bürger-AGs finanziell mit dem Rücken an der Wand und die multinationalen Großkonzerne bedienten sich bei ihnen. In den Folgejahren investierten sie Milliarden in den Bau der Offshore-Windindustrie.

»Die wollten hier auch politisch ganz oben die Finger mit drin haben.« meinte Urdig. Auf der bedeutensten Nachbarinsel zu den Energieparks war das den Bankern und Firmenkonsortien besonders wichtig. Schließlich hatten die Herren während der Atomkraft-Jahre gelernt, wie unangenehm und teuer kleine renitente Gemeinden werden konnten, wenn es um Umweltbelange ging.

Das Kartell hatte Urban den Direktionsposten eines EU-Sekretariats versprochen, wenn sie die Sache auf Sylt für ein paar Jahre durchziehen würde und für Stabilität sorge.

»Wenn alle Parks, Umspannwerke und Trassen in trockenen Tüchern seien, könne sie schließlich auf einem endgültigen Rentnerposten in Brüssel ganz relaxed Kasse machen.« Hanna zog die Augenbrauen hoch und kritzelte weiter auf ihren Block.

»Urban liebte das Meer, zumindest im Urlaub, sie liebte Prominenz und sie liebte es, Fäden zu ziehen, also sagte sie zu. Das Nadelöhr bestand damals darin, *Superuschi* in das Amt der Bürgermeisterin zu hieven, denn die Besetzung dieses Postens sollte erst malig von den Bürgern in freier Wahl bestimmt werden.«

Urdig erzählte, dass es der erfahrenen Politikerin mit Show-Events gekonnt gelungen war, genug Stimmen auf sich zu vereinen und mehrere andere Kandidaten und Bewerberinnen aus der Region hinter sich zu lassen.

»Es war schon beeindruckend zu sehen, wie die attraktive Uschi bereits in der Kürze des Wahlkampfes die Inselparteien intern in streitende Lager, pro und kontra Urban spaltete«, erinnerte sich Urdig. Gegen Ende der Wahlkampfzeit hatten sich die Streitereien um die Polit-Füchsin bis in die hinterletzten Familien und Vereine der Insel hineingefressen und manche lange Freundschaften entzweit.

»Wir Sylter waren damals einfach noch immer unglaublich naiv!«, seufzte Urdig. Urbans Leute hatten vorsorglich einige *Vertrauensmänner* gekauft, die Wahlurnen so manipulierten, dass im Fall der Fälle eine *Notbremse* gezogen werden konnte. Dieser Fall trat ein: Im letzten Moment schwenkte die Stimmung gegen *Sexy Uschi* aus Oberpfaffenhofen und eine Mehrheit der Sylter stimmte schließlich für den einheimischen Kandidaten Sven Blume.

»Aber Urbans Hintermänner ließen nicht locker«, erzählte Urdig. Sechs Wochen später wurde die Bürgermeisterwahl angefochten. Eine Prüfungskommission aus Husum deckte eindeutige *Beweise* auf, dass zu Gunsten von Blume erheblich manipuliert worden sei. Daraufhin musste die Wahl wiederholt werden. Uschi Urban und ihre Leute sorgten dafür, dass dabei keine Patzer mehr passierten. Ernstzunehmende Gegenkandidaten waren jetzt ausgeschaltet. Beim zweiten Wahlgang fuhr sie ein überragendes Ergebnis ein.

Urdig ergänzte, dass die Samen, aus denen das spätere Unheil keimen konnte, bereits in den Vorjahren von den Syltern selbst gelegt worden seien. Er erinnerte Hanna, dass Ellenbogenmentalität, Korruption und Eigennutz schon 2007, anlässlich der aufkommenden Bankenkrise, auf der Insel Einzug gehalten hätten.

Als die *Grundfesten der Gesellschaft*, wie die Deutsche Bank, die Commerz- und Postbank und speziell in Schleswig-Holstein, die HSH Nordbank, zu wackeln begannen und manche schließlich komplett zusammenbrachen, versuchten viele ihr Geld in *Betongold* zu sichern. Reiche Leute zogen ihr Kapital aus Wertpapieren und Aktien ab, um ihr Vermögen sicherer anzulegen. Was bot sich mehr an, als Deutschlands Promi-Insel Nr. Eins, die schon immer zu den Filetstücken des bundesweiten Immobilienmarktes zählte. Wohnungspreise von durchschnittlich zehntausend Euro pro Quadratmeter waren in manchen Sylter Orten keine Seltenheit, mit Spitzenwerten bis zu 35 000 Euro/qm. Hier konnten Investoren leicht ein paar Millionen in eine Hausscheibe stecken und sicher sein, dass der Immobilienwert innerhalb weniger Jahre um über 10 Prozent stieg. Außerdem gab es in Deutschland keine vergleichbaren Grundstückspreise. Investoren konnten also hier viel Geld auf einmal parken.

Das Windhundrennen auf Sylter Liegenschaften hatte Folgen: Je mehr gekauft wurde, umso stärker stieg der Wert der Häuser. Je höher deren Wert, umso mehr wollten reiche Anleger ihr Geld auf Sylt parken. Natürlich erschienen die Käufer meist gar nicht selbst auf der Insel. Sie ließen die Häuser, wie andere Leute Aktien, durch Finanzmanager erwerben. Oft blieben sie jahrelang leer stehen oder wichen bald aufwendigen Neubauten. Der richtige Reibach stellte sich ein, wenn die Immobilie nach ein, zwei Jahren an noch reichere Käufer veräußert wurde.

Am Anfang der Kette stand jedoch als Verkäufer immer ein Sylter Durchschnittsverdiener, der sein Haus oder Grundstück geerbt oder es über Jahrzehnte hart erarbeitet hatte. Diese Entwicklung weckte zunehmend beißende Gier auf der Insel.

»Die Schecks mit den astronomischen Angeboten ließen jeden anständigen Insulaner in die Knie gehen«, sagte Urdig.

»Es wäre strohdumm gewesen, aus Prinzip oder Familien-Nostalgie auf einem renovierungsbedürftigen Haus der dreißiger oder sechziger Jahren sitzen zu bleiben, wenn man mit einem Schlag zum Euromillionär werden konnte.«

Das konnte Hanna verstehen.

»Da hätten die Sylter doch froh drüber sein können«, sagte sie und hob den Kopf vom Schreibblock.

»Nein!«, Urdig schüttelte den Kopf.

»Der Preis für dieses unwiderstehliche Angebot war, dass man Sylt verlassen musste. Denn die gerade empfangene Million reichte nicht zum Kauf einer neuen Bleibe auf der Insel. Mit der gewonnenen Summe bauten sich die Hausverkäufer lieber einen Palast auf dem Festland, so groß, wie sie es auf der begrenzten Insel niemals auch nur hätten erträumen können.«

Noch offensichtlicher griff diese Logik, wenn die Eltern ins Grab wanderten und die Erben sich um das Sylter Haus hinter der Düne stritten. Nach einer Schätzung des Immobilienwertes war in fast allen Fällen klar, dass eine Auszahlung unter Geschwistern nicht finanzierbar sein würde. Also ging das Objekt an einen Investor und die Nachkommen des Verblichenen teilten sich die Millionen auf. Ohne einen Finger krumm zu machen über Nacht zum Millionär zu werden; Wer würde sich so eine Gelegenheit entgehen lassen?

Neben dieser *Kapitalflucht* gab es weitere Gründe für den stetigen Absturz der Einwohnerzahlen auf Sylt.

Bereits Ende 2013 verkündete die Geschäftsführung der Nordseeklinik Sylt die Schließung der Geburtenstation. Aus Gründen des Qualitätsmanagementes, hieß es.

Urdig hob gestikulierend seine Hände vors Gesicht.

»Dabei war es jedem klar, dass es subventionierten Privatkliniken vorrangig um Profit ging.«

Neunzig Geburten im Jahr machten einfach zu wenig Umsatz. Die Hebammen der Insel weigerten sich nach der Klinikschließung, Hausgeburten durchzuführen. Eine Hebamme verdiente damals 238 Euro brutto pro Geburt.

Hanna stutzte:

»Bei einem durchschnittlichen Einsatz von elf Arbeitsstunden ein ziemlich mieser Lohn für so eine lebenswichtige und verantwortungsvolle Aufgabe.«

»Stimmt!«, sagte Urdig.

»Ohne das Sicherheitsnetz der Klinik war ihnen das Risiko viel zu hoch. Keine Versicherung wollte das zu einem angemessenen Preis übernehmen. So hätte jeder kleine Fehler den sofortigen Ruin bedeutet.

Der Politik, nicht nur auf der Insel, sondern generell, war offenbar die Aufzucht und Pflege ihrer eigenen Basis nichts mehr wert. Anders ist es kaum zu erklären, weshalb sich so vieles in den Bereichen Geburt, Kindergarten, Schule und Gesundheitssystem immer mehr in eine unmenschliche Richtung entwickelte. In vielen Regionen Deutschlands kamen damals auf den Einzugsbereich einer einzigen Kinderarztpraxis bis zu 4500 Kinder.

Bei den Jugendlichen sah es mit der Fürsorge nicht viel besser aus. Hanna, das weißt Du sicher noch eher als ich«, sagte Urdig.

»Denn Du gehörtest ja damals selbst zu der betroffenen Altersgruppe zwischen Pubertät und fester Anstellung. Für euch hatte die Insel wenig zu bieten, von den wenigen Sommermonaten am Strand mal abgesehen.«

Hanna nickte und dachte zurück. Ein abgerocktes Jugendzentrum im Stil der 1970er Jahre und ein paar Skaterrampen waren das Einzige, was die Jugendlichen den Gemeinden wert waren. Attraktionen waren auf Urlauber abgestimmt, teuer und überlaufen. Eine richtig gute, große Diskothek oder eine Funsporthalle gab es nicht. Eigeninitiativen der Jugendlichen scheiterten meist am bürokratischen Apparat: »Leider aus versicherungstechnischen Gründen nicht genehmigungsfähig, leider in der Nähe des Kurzentrums zu laut, leider aus Naturschutzgründen nicht statthaft, leider nicht finanzierbar, leider aus Sicherheitsüberlegungen abzusagen, leider, leider …«, hieß es in den Ablehnungsbescheiden.

Wer zwischen 15 und 19 Jahre alt war und nicht vorzeitig wegen Hasch-positiver Urinproben von der Schule flog, fieberte darauf, endlich die Insel in Richtung Hamburg, Kiel, Berlin oder ins Ausland zu verlassen.

Ganze Ortsviertel wirkten bald wie ausgestorben. Um Einbrecher zu täuschen, stellten Landhausverwalter zum Schein einmal die Woche leere Mülltonnen an die Straße und ließen nachts das Licht in unterschiedlichen Räumen brennen.

Wegen der Abwanderung schlossen immer mehr Läden. Mit Besitzern von Geisterhäusern war kein Umsatz zu erzielen. Viele Urlauber zogen Hotels den Appartements vor. Dies lag im Trend einer deutschen Gesellschaft, die zu vierzig Prozent aus Singles bestand. Welcher Single hatte schon Lust, sich im Appartement einsam sein Spiegelei zu braten? Bei einer stetig knapperen Urlaubzeit gönnten sie sich lieber ein Rundum-Sorglos-Hotelbett. Und die Hotels, zumeist unter Leitung auswärtiger Konzerne, ließen sich Lebensmittel und Waren direkt von Großhändlern am Festland liefern.

Der Mangel an Bürgern mit Erstwohnsitz und Dienstleistern auf der Insel führte zu drastischen finanziellen Einbußen bei den Gemeinden. Verwaltungsbereiche, Restaurants und Geschäfte fanden kaum noch qualifiziertes Personal. Die freiwilligen

Feuerwehren hatten ihren Dienst schon längst eingestellt. Es gab jetzt nur noch eine personell sehr ein-
gedampfte Berufsfeuerwehr, die von Westerland aus
die ganze Insel sichern musste. Die Folge waren immer mehr Brandfälle in den Ortschaften. Brandstif-
tungen und *heiße Abrisse* nahmen in dieser Phase der
Unterversorgung deutlich zu. Aus Rache derjenigen,
die die Insel in Geldnot verlassen mussten und es den
Reichen nochmal heimzahlen wollten oder als Patentlösung, wenn ein lukrativer Grundstücksverkauf an
so etwas *Unnützem* wie Denkmalschutz zu scheitern
drohte.

Das gesamte öffentliche Leben der Insel stagnierte
wegen des Personalmangels mehr und mehr. Müll-
abfuhr, Straßenmeisterei, Bürger- und Tourismusservice, dass alles lag schließlich brach.

»Du hast damals selbst mitbekommen, dass Schu-
len und Kindergärten eingingen. Hattest du nicht
sogar den Artikel über die Schließung des Kinder-
gartens Kampen in der Rundschau verfasst? Der war
doch über Jahre ein löbliches Aushängeschild der
Insel gewesen, wegen seiner guten Ausstattung und
Pädagogik. Kampen war die Einrichtung 2014 zu
unrentabel geworden. Parallel zur Entscheidung, den
Kindergarten zu schließen, verabschiedete die Gemeinde einen Baubeschluss zwecks Ansiedlung junger
Familien. Zur letzten Rettung des Dorflebens. Allein
diese Kombination von Entscheidungen zeigt, wie
unglaublich kurzsichtig damals gedacht wurde.

Die Fusion zu einer professionell geführten Gesamtge-
meine Sylt lehnten etliche Orte, allen voran Kampen,
noch vehement ab, weil die Denke zwischen den Orten konkurrenzorientiert war. Die Konsequenz daraus
waren reihenweise Fehlentwicklungen, unkoordinier-
te Planungen, Doppel- und Dreifacheinrichtungen
auf einer relativ kleinen Inselfläche und ein unnötig
aufgeblasener bürokratischer Apparat.«

»Ich erinnere mich«, sagte Hanna.

»Da gab es doch damals das Drama mit der Kei-
tum-Therme. Was wurde daraus?«

»Das *Public-Private-Pleitenbau-Projekt* war jahrelang ein Schandfleck auf unserer Insel. Zu verantwor-
ten hatte es nicht zuletzt der Dorfrat der damaligen
Kleingemeinde Keitum, der ein PPPartnership mit
Investoren eingegangen war ohne hinreichend professionell vorzugehen. Es kam zur Pleite des Stuttgarter
Unternehmers und Keitum blieb auf dem Millionen-
grab an der Schokoladenseite des Ortes sitzen. Aus
juristischen Gründen durfte die Gemeinde weder ab-
reißen noch weiterbauen– und das über Jahre.

So wie in manchen Großstädten alte Wehrmachts-
bunker gegen das Vergessen unter Denkmalschutz
stehen halten wir es mit der Thermenruine. Wir haben daraus ein Mahnmal gemacht. Zwischen dem
naheliegenden Har- und Tipkenhoog, zwei Groß-
steingräbern aus der Steinzeit und der Betonbaustelle
von anno 2007 führt ein verschlungener Gang mit
Ausstellungsobjekten, die an die Pleiten-, Pech und

Pannengeschichten Sylts erinnern. Wir nennen den Weg im Volksmund den *kulturellen Nieder-Gang*. Dort hindurch führen wir gern unsere Besucher aus befreundeten *RIF*-Gemeinden oder solchen, die es werden wollen. Thematisiert wird die lange Reihe der Fehlentwicklungen und Planungsflops auf der Insel. Um nur einige zu nennen: der Hindenburgdamm, der Bunker- und Kasernenbau, die Großeindeichungen, die Kersigsiedlung in Hörnum, das Tetrapodenquerwerk, die Asphaltdeiche, der Ausbau des Autozuges, die Sonnenlandsiedlung, das Tiefflieger- und Schießgebiet List, die Hochhäuser, das Hotelbauprojekt Atlantis in Westerland, die Müllkippen, die Kiesgrube, der Bau von Großparkplätzen in den Dünen, der Ausbau der Landesstraßen, das Dorfhotel, das Gewerbegebiet Sylt-Ost, der Großflugverkehr, die Keitum Therme, der Offshorepark im Schutzgebiet, das gescheiterte Nordseegymnasium in List, die hässlichen Funkmasten ...

Vor den 5000 Jahre alten Bauwerken der Steinzeitmenschen bleiben die meisten zu Beginn des Weges ehrfürchtig stehen, während sie am Ende des Ganges, beim Blick auf die Waschbetonreste der Thermenruine, wegen der grenzenlosen Dummheit nur verständnislos mit dem Kopf schütteln. Wenn uns offizielle Delegationen anderer Nationen besuchen, findet hier immer eine Kranzniederlegung mit Zapfenstreich statt.

Eine Ehrerbietung für die geschundene Insel. Die musikalische Untermalung liefern wir mit Instrumenten befreundeter *RIF*-Gemeinden: Trommeln und Gongs aus dem japanischen Fukushima und Hiroshima, Didgeridoos von Vanuatu bei Australien, Gammelan-Xylophone von Bali, Kastagnetten von der Costa del Sol und natürlich dem Chor des Sylter Heimatvereins.«

»Wie war es bloß zu dieser Situation gekommen?«, fragte Hanna bestürzt.

»Das können wir morgen besprechen, wenn Du ganz aus dem Jetlag raus bist«, antwortete Urdig.

»Du weißt doch, eine alte indianische Weisheit besagt, dass die Seele nicht so schnell reist wie der Körper. Komm erst mal richtig hier an!«

DAS ENERGETISCHE FELD

Rantum, 2. Mai 2050

Hanna war nach dem Frühstück direkt wieder zu Urdig in die Quelle auf dem Campus Sylt gewheelert. Sie war froh, konzentriert arbeiten zu müssen. Das vertrieb ihr die Gedanken an ein wohl irgendwann unvermeidliches Treffen mit ihrer Mutter. Nun saß sie erst mal wieder mit Block und Stift im Loungesofa des Quellenbüros. Urdig, der alte Sylter Silberrücken, zog sie mit seinen anschaulichen Schilderungen gleich wieder in seine Erzählungen.

»Die Ursachen der Sylter Probleme zu Beginn unseres Jahrhunderts waren neben Geldgier das mangelnde Bewusstsein für Feng Shui, für morphogenetische Felder, Energieaufbau und -ausbreitung«, sagte Urdig. Er erhob sich und begann vor Hanna auf- und abzugehen.

»Bis in die 1970er Jahre hatte die Insel noch ein starkes Kraftfeld«, fuhr er fort.

»Es zog geistig offene, kreative und daher meist sehr bekannte Menschen wie bildende Künstler Schauspieler, Schriftsteller und Wissenschaftler an. In deren Schlepptau, folgte in den 1980er Jahren ein halbwegs prominentes Mittelmaß an Fernseh- und Schlagersternchen mit deren Fanclubs. Ab den 1990iger

Jahren kamen nur noch die Fanclubs, die einer nostalgischen Traumwelt nachhingen und von damals schwärmten. Deren Idole steuerten längst andere Urlaubsziele an, weil der Spirit von Sylt verflogen war.

Die unvergessen peinliche Episode wie der angetrunkene Schlagerstar Dietmar Bohlsen mit den Worten ›Scheiß Paparazzi!‹ dem harmlosen Lokalredakteur Christian Jörgensen einen schweren Glasascher quer durch einen legendären Kampener Club in den Rücken warf, bildete einen Tiefpunkt dieser Ära.«

Urdig setzte sich wieder in den gut gepolsterten Drehsessel und überschlug die Beine. Er berichtete, dass kurz vor der Sylt-Revolte eine besonders unangenehme Urlauberszene die Insel dominierte. Goldkettchenträger aus Russland, den Emiraten, weltweiten Steueroasen und deutschen Metropolen, deren Hauptinteresse nicht gerade im kulturellen Austausch lag. Viele waren reine Finanzfachidioten. Sie hatten Geld wie Heu, zeigten sich aber ziemlich unbedarft, wenn es um die feineren Qualitäten des Lebens ging. Landschaftsästhetik, die Schönheit der Natur im Detail, Kunsthandwerk und Kunst waren für sie allenfalls nette Nebensächlichkeiten in bunten Magazinen, mit denen sie sich zu Hause gern schmückten, wenn die Rede auf das sündhaft teure Urlaubsziel Sylt kam. Vor Ort galten jedoch ganz andere Qualitäten: im Schlemmen, Saufen und der Kunst auf dem Teutonengrill zu braten, bis eine aufdringliche, fast unappetitliche Tiefenbräune erreicht war. Darin glichen sie dem gemeinen Massentouristen, der die zweite Hauptgruppe der Urlauber bildete und als Kurzzeitgast das Eiland überschwemmte.

Die Treffpunkte dieser Besucher waren Futterkrippen von Trendlokalen. Dort fielen sie von früh bis spät über die Massenprodukte einer Junkfood-Wirtschaft her, die mit Billigfleisch, Convenience Produkten und Industriefisch den Gast profitabel bei Laune hielt. Dazu ließ man sich mit Wein, Bier und einem gepflegten Schnäpschen auf einen angenehmen Urlaubspegel volllaufen. Vor der Kulisse eines Sylter Sonnenuntergangs am Meer waren am Ende doch alle zufrieden, ganz egal, was vom Teller, vom Glas oder von der Bühne zu konsumieren war.

Diese Entwicklung milderten auch nicht Mäzene und Luxushotels, die durch das Ausloben von Sylter Literatur- und Musikpreisen die *gute alte Zeit* der intellektuellen Sylt-Schickeria wiederbeleben wollten. Es gab nur wenige teure Sterneküchen, die bewusst mit einer vielfältigen, gesunden und ethisch vertretbaren Ernährung auf sich aufmerksam machten. Kleinere Bistros, Cafés und Restaurants, die fair produzierte, mit lokalen Bioprodukten angereicherte Speisen und Getränke anbieten wollten, hatten wegen der astronomischen Ladenmieten an geeigneten Standorten von vornherein keine Chance.

Obwohl es neben den beschriebenen Urlauber-Typen durchaus noch eine dritte, gesundheitsbewusste und anwachsende Gruppe gab, die gerne auf solche

Angebote zugegriffen hätte. Es waren die Meer- und Naturverliebten, die Wellness- und Gesundheitsbewegten, die sportlichen und spirituell Angehauchten jener Zeit. Sie wurden von der landschaftlichen Schönheit, der Strände, der belebenden Wirkung der Nordsee und der urgesunden Atemluft magisch angezogen.

Hinzu gesellte sich eine langsam, aber stetig wachsende Gemeinschaft von Surfern. Salzwasserfanatiker, die als Wellenreiter, Windsurfer, Kiter oder Paddler, entweder wegen der Sylt-Wave eigens auf die Insel gezogen waren, oder, trotz allem anderen Ungemach, deswegen immer noch nicht von ihr lassen konnten.

»Leider wussten nur wenige im 20. Jahrhundert etwas von energetischen Feldern«, sagte Urdig.

»Von Planern der Insel konnten sie daher nicht kreativ genutzt werden. Urlauber und Einheimische verpulverten Lebensenergie an Stammtischen, in verrauchten Kneipen und auf Partynächten, oder in endlos-fruchtlosen Diskussionen, die vom Alkohol beherrscht bis ins frühe Morgengrauen währten. Wirtschaftswachstum ohne Rücksicht auf Verluste war angesagt.

In jener Zeit nahm das Energiefeld der Insel stetig ab. Statt lebens- und liebenswerter Viertel, entstanden öde Neubausiedlungen unter Reet und triste Gewerbegebiete. Entweder kamen sie mit bekannten Billigketten daher, oder als leblos wirkende Edelboutiquen. Im Angebot hatten sie Markenmassenware, die weltweit auf jedem beliebigen Flughafen oder in jeder Einkaufszone zu shoppen war.«

Hanna erinnerte sich noch gut an jene Zeit: Kinder störten nur beim Dienstleistungstrubel und Turboverdienen. Hektische Eltern parkten ihren Nachwuchs bestenfalls vor Fernsehern, Playstations, iPads und langweiligen Computerspielen. Sie wurden sich selbst überlassen. Die Eltern speisten sie mit einem *Entschuldigung, ich hab jetzt grad gar keine Zeit-Taschengeld* ab und riskierten, sie einer insularen Drogenszene zum Fraß vorzuwerfen.

Eine Bebauung, die sämtliche Regeln des Feng Shuis missachtete und eine unglaubliche Ignoranz gegenüber den Naturgesetzen offenbarte, bildete die Kulisse für dieses Szenario.

Urdig wetterte los:

»Die Menschen ließen Sylter Kraftplätze verkommen. Unsere Vorfahren bauten vor über 5000 Jahren mächtige Steinmonumente auf die energetischen *Akupunkturpunkte* der Insel. In den Weltkriegen wurden die geplündert, abgegraben und platt gemacht. Die wenigen übrig gebliebenen Stein- und Bronzezeithügel fanden, trotz Denkmalschutz im 20. Jahrhundert kaum mehr Beachtung.«

Sie überwucherten mit Gewächsen aus fortgeworfenem Gartenmüll. Maulwürfe und Kaninchen zerwühlten die stabilisierende Grasnarbe. Achtlos gehaltene Wiederkäuer trampelten Löcher und Schneisen in die eindrucksvollen Kultstätten der Ur-Sylter.

71

Winterstürme erledigten den Rest. Die kulturellen Zeugnisse der Inselgeschichte, die fast sechstausend Jahre überdauert hatten und von vielen Generationen in Ehren gehalten worden waren, verrotteten in den wenigen Jahren des Plastik- und Digitalzeitalters.

All diese Faktoren zogen die ruhelose Energie der Städte auf die Insel.

»Das ausgleichende Feld des offenen Meeres, konnte diese Frequenz von Ausbeutung und Hektik einer fortschreitenden Urbanisierung irgendwann nicht mehr ausbalancieren«, erläuterte Urdig.

Unter dem Titel *Urbane Landschaften* gab der Sylter Fotograf Hans Jessel einen Panorama-Kalender heraus. Der hatte nicht mehr, wie in den Jahren zuvor, die beeindruckende Landschaftsästhetik der Nordseeinsel zum Schwerpunkt. Vielmehr zeigte er unter dem Blickwinkel der Kunst schmerzliche Fehlentwicklungen auf. Der gewohnt reißende Absatz dieses Sylt-Kalenders zu Weihnachten 2018 zeigte, dass kaum jemand diesen Wandel bewusst als störend wahrnahm.

»Diese Ignoranz war das eigentlich Bedenkliche!«, sagte Urdig. »Das System kippte, und niemand schien davon ernsthaft Notiz zu nehmen.«

Hanna notierte eifrig weiter in ihren Schreibblock, während Urdig sie betrachtete und sich an ihre Tage als Volontärin bei der Zeitung erinnerte.

»Auch nicht die Sylter Presse«, sagte er.

Die Lokalzeitungen waren längst von informativen Diskussionsforen zu Gefälligkeits- und Verlautbarungspostillen ihrer Anzeigen-Großkunden verkommen und damit einseitig dem Systemerhalt verpflichtet. Keiner konnte es den Zeitungsverlagen wirklich übelnehmen. Durch die Digitalisierung und Überschwemmung des Marktes mit Smartphones und anderen elektronischen Lesegeräten waren Nachrichten und Artikel allgegenwärtig. In Echtzeit und in bunten, konsumgerechten Häppchen wurden die Bürger mit Informationen aus aller Welt geflutet. Diskussionen und Auseinandersetzungen zu lokalen Themen führten Bürger und Urlauber lieber in Blogs, Googlehangouts und Facebook-Gruppen. Welchen Reiz und Nutzen bot eine Zeitung, die mit vierundzwanzig Stunden Verspätung berichtete, was jedermann schon wusste?

»Die Abo-Kunden verließen also bereits in der Zeit deines Praktikums scharenweise ihre alte Stammzeitung«, meinte Urdig.

Die Redaktionen musste sich mit anderen Einnahmen über Wasser halten und, um Auflage zu machen, jene Leute *hypen*, die ein hohes Skandalpotential mitbrachten.

»Von dieser Logik hatte schon Uschi Urban in ihrem Wahlkampf profitiert«, fuhr er fort.

»So verloren die Zeitungen immer mehr ihre Eigenschaft als wichtige, objektive Mitteilungsorgane und Diskussionsforen der Insel.«

73

Die Menschen lasen ohnehin kaum noch. Die Informationsflut über digitalen Medien führte bei den meisten zu einer solchen Übersättigung, dass nur noch Kurznachrichten im SMS und Whats-App Format eine Chance hatten, durchzudringen. Buchhandlungen existierten schon seit 2019 nicht mehr auf der Insel.

Diese Faktoren hatten sicherlich dazu beigetragen, dass schon zu Beginn unseres Jahrhunderts altbewährte Netzwerke zerfielen, die aktiv geworden waren, wenn es für die Insel und ihre Bewohner oder die Nordseenatur, kritisch wurde. In Bestzeiten organisierte die Szene in wenigen Tagen Protestaktionen, Menschenketten oder Belagerungsaktionen, an denen hunderte von Bürgern und tausende von Urlaubern teilnahmen, um beispielsweise gegen monströse Bauprojekte, Nordseeverschmutzung oder militärische Nutzung der Inselnatur vorzugehen. Es gab damals noch Treffpunkte in einer halbwegs intakten Inselgemeinschaft, die so etwas möglich machten.

Gemütliche kommunikative Kneipen oder Restaurants für Einheimische, mithin Grundvoraussetzungen für das Aufkeimen einer insularen Szene, waren unter dem Druck von steigenden Immobilienpreisen und erdrückenden Pachtzinsen verschwunden. Die Gemeinde bot Initiativen privater Art wenig Unterstützung. Was dem Tourismusservice keinen Profit brachte oder gar dem reibungslosen Ablauf einer Urlaubsmaschinerie im Wege stand, wurde wegrationalisiert oder ausgebremst. Erwünscht blieb das Abre-agieren in Sportvereinen und das Engagement in brav tanzenden Trachtengruppen und Musikvereinen. Ge-wählte Gemeindevertreter konfrontierte Uschi Urban so lange mit komplizierten Vorgängen, in Form te-lefonbuchdicker Papierstapel, bis sie überfordert und genervt ihr Ehrenamt niederlegten.

DAS KARTELL

Nach zwei Jahren Amtszeit hatte Uschi Urban ihr Ziel erreicht und lenkte die Geschicke der Insel, weit entfernt von basisdemokratischen Strukturen.

Der Gemeinderat wurde im Glauben gehalten, ganz wichtig zu sein, seine Aktionen ähnelten aber zunehmend einer Schmierenkomödie: viel Lärm, wenig Wirkung. Wer verwaltungsintern nicht spurte, wurde von Uschi Urban geschasst oder auf verlorenen Posten befördert.

Grau wirkende, blassgesichtige Vertreter in schwarzen Lackschuhen und eng gebundenen Krawatten, bewegten immer häufiger die schweren Holztüren des altehrwürdigen Westerländer Rathauses. Hochzeitsgesellschaften warfen vor dem beliebten Standesamt statt Reis neuerdings eher Euro-, Rubel- und Dollarnoten. Es waren keine Sylter, sondern Paare, die aus ganz Europa anreisten, um sich auf der Insel der Reichen zu vermählen.

Die Gemeinde Kampen war die erste, die von der neuen Bürgermeisterin in die Großgemeinde Sylt einverleibt wurde. Hintergrund waren jedoch nicht die ursprünglich gut gemeinten Beweggründe, die für eine insulare Fusion sprachen, sondern die Wünsche von Investoren und Hintermännern. Diese wollten ihre kostbare Zeit nicht mit diesen Provinzlern verbringen, wenn es um Millionenprojekte ging. Irgendwann mussten alle Restgemeinden der Insel einsehen, dass es lukrativer war, sich dem Kartell hinter Uschi Urban anzuschließen. Urban nannte sich wegen des klingenden Namens der ehemaligen Nachbargemeinde jetzt Bürgermeisterin von Sylt und Kampen. Es schmerzte sie etwas, dass sie noch nicht den Titel *Königin auf Kampen* führen konnte, aber sie war sich sicher: Dieser Tag würde kommen.

Die Immobilienmakler rieben sich unterdessen die Hände und bekamen jede Menge Nachwuchs von der Insel. Berufsgruppen, die viel mit Menschen zu tun hatten, wie Masseure, Ärzte, Altenpfleger oder Bestatter firmierten plötzlich im Zweit-Beruf als aalglatte Makler und vermittelten *Traumhäuser* auf Sylt. In ihren Praxen bekamen sie zuerst mit, wer demnächst ein Haus vererben oder erben würde und waren dann rechtzeitig zur Stelle, *solange die Leiche noch warm war.*

»Oh Gott, wie furchtbar!«, stöhnte Hanna. »Gab es denn niemanden, der diesem gierigen Treiben Einhalt gebieten konnte?«

Urdig streckte sich und berichtete in der folgenden Stunde alles weitere, was er über die Zeit wusste. Das Meiste hatte er selbst in der Phase vor der Wende erlebt. Einige Fakten stellten sich auch erst nach der Revolte heraus, als alles vorbei war. Hanna notierte das historische Bild jener Jahre, das Urdig für sie aufzeigte, in ihren Block.

Die Unzufriedenheit wuchs bei vielen Menschen auf der Insel, aber keiner wusste, wie der Teufelskreis aus Geld und Macht durchbrochen werden konnte. Immerhin hatte fast jeder einen in der Familie, der von dem ganzen Zirkus profitierte oder der sich Hoffnungen machte, irgendwann etwas davon zu haben. Ein Haus auf Sylt war die denkbar beste Altersversorgung, vorausgesetzt der Immobilienhype blieb so gut am Kochen, wie in den vergangenen Jahren.

Mit der Gier wuchs die Angst auf der Insel. Es hatte Fälle gegeben, in denen alt eingesessene Sylter, von denen keiner gedacht hätte, dass sie die Insel verlassen würden, plötzlich verschwanden. Zumeist waren das Kritiker der insularen Entwicklung, beziehungsweise des Politikstils von Uschi Urban. Viele Bürger beschlich das ungute Gefühl, beäugt und belauscht zu werden, wenn ihnen auf dem Wochenmarkt eine kritische Bemerkung zur Inselpolitik herausrutschte, oder sie ihrem Unmut per Leserbrief Luft machten.

Das Urban-Kartell mit Verbindung zu britischen und amerikanischen Geheimdiensten nutzte längst Wege, um Computer und Smartphones der Insulaner unbemerkt auszulesen und kritische Elemente rechtzeitig und dezent rauszukaufen oder auf andere Art und Weise kalt zu stellen.

Die Unberührbaren

Es gab jedoch eine Szene, die sich, nahezu ungewollt und allein aufgrund ihrer Lebensphilosophie, dem Zugriff des Kartells entzog. Das waren die Surfer. Die Wellenreiter von Sylt bildeten das einzige verbliebene Netzwerk der Insel, das seit 2016 existierte. Eine logische Gegenbewegung zu Uschi Urban, zu Kommerz, Korruption, Hektik und Profitdenken.

Ein Board, das Meer und eine surftaugliche Welle. Soviel genügte ihren Protagonisten zu einem erfüllten Leben. Während andere sich die Hacken nach Aktienkursen, Häuserpreisen und Geschäftsideen abliefen, bewegten sich die Surfer über die Dünen zum Strand und warteten auf die passende Welle.

Manchmal hingen die schwarzen Neoprengestalten stundenlang auf ihren Longboards im Wasser: wie ein Fliegenschwarm, der sich bei jeder aufbauenden Welle plötzlich kurz auflöste, in verschiedene Richtungen über die Gischt stob und später kraulend an gleicher Stelle wieder zusammenfand. Dazwischen, als ultimativer Kick, ein Ritt mit dem Board in der Brandung des Lebens, das Gefühl eins zu sein mit dem Meer, eins zu sein mit dem Kosmos und der ganzen Existenz.

Wenn diese Jungs und Mädels nach einem gierten, dann nach Wasser, Welle, Naturgewalt, Geschwindigkeit, Strand und Meeresfrische. Das waren Güter, die kostenlos waren und die nicht korrumpierbar schienen. Draußen auf dem Wasser, beim Warten auf die Welle, hockten sie abhörsicher zusammen. Hier hatten sie jede Menge Zeit, um Geschichten auszutauschen, die für fremde Ohren nicht bestimmt waren. Unter den Surfern galt noch das Credo, was einmal für alle Insulaner gegolten hatte: Jeder hilft jedem und alle halten zusammen.

Die miese Entwicklung auf der Insel stieß natürlich auch den Wellenreitern unsanft auf, aber keiner von ihnen hätte deswegen Sylt verlassen. Wozu braucht einer eine billige Wohnung in Niebüll oder Husum, wenn sein Lebenszweck darin besteht, schon zum Sonnenaufgang das erste Mal über die Kante zu lugen und zu checken, ob eine Welle läuft und wie der *Druck* auf dem Wasser ist? Ins Meer reinlauschen, den Salzwind auf der Zunge schmecken und ganz weit raus zum Horizont zu spähen, das war ein sinnliches Erlebnis und mit Geld nicht aufzuwiegen.

Das Problem der Surfer war nicht die Wohnraum-Verknappung auf der Insel, sondern das zunehmende Gedränge auf dem Wasser. Surfen war in den vergangenen Jahren immer mehr zum Trend und schließlich Breitensport geworden.

Der Hawaii-Wellenreiter-Spirit hatte es Dank einiger Rettungsschwimmer bis nach Sylt geschafft. In den 1960er Jahren probierten sie mit selbst gebastelten Brettern das, was sie von Surfern in amerikanischen Filmen abschauten. In den Siebzigern importierten die Schwimmer professionell geformte Boards aus international bekannten Surfspots wie Biarritz, auf die Insel. Einen wichtigen Schub bekam die Sylter Szene letztendlich durch die Erfindung eines bezahlbaren und relativ flexiblen Neoprenanzuges. Damit war Surfen in unseren Breiten plötzlich auch außerhalb der warmen Sommersaison möglich.

Bis zur Jahrtausendwende blieben die Sylter Surfer weitgehend unter sich und schmolzen zu einer eingeschworenen Clique zusammen. Allmählich veränderte sich das. Weltweit vermarkteten Modefirmen das Image vom relaxten, wohlgeformten Wellenreiter mit knackigem Bikinimädchen im Arm. Surfen wurde zum Lifestyle, auch im tiefen Binnenland. Es traf den Nerv von Gestressten und Karrieristen, von Gehemmten und Möchtegern-Perfekten. Die gut dressierte und auf Leistung getrimmte Masse hatte Sehnsucht nach der entspannten Hang-Loose-Philosophie der Beachboys and -girls. Aus vielen *Textilsurfern* sollten daher mit der Zeit richtige Wellenreiter werden. Sylt war der einzige Ort in Deutschland, an dem dieser Traum in Salzwasser wahr werden konnte. Wenn auch nicht vergleichbar mit Frankreich, Portugal, Kalifornien, oder Hawaii, lief auf Sylt doch ab und zu eine ganz brauchbare Welle.

Alsbald entstanden Surfcamps, die Urlaubskinder zu kleinen Akrobaten auf der Welle ausbildeten. Den endgültigen Boom brachte dann die Erfindung des *SUP*. Das *Stand up Paddeln*, also stehend auf einem relativ großen Board durchs Wasser zu staken, war auch jenen möglich, die sich bislang nicht in die Welle wagten oder zu unsportlich waren, in der Schildkrötenhaltung gegen die Brandung anzukraulen.

*SUP*pen war nicht nur am Meer, sondern auf jedem Fluss und Binnensee machbar. Wer einige Zeit ges*SUP*t hatte, wollte bald echter Surfer sein, übte kräftig und landete letztendlich zwischen den puren Wellenreitern.

So schwoll der Strom von Urlaubern an, die mit eigenen Boards die Sylter Welle reiten wollten und den einheimischen Surfern immer mehr das Leben schwer machten.

Die hatten ihre ganz eigene Meinung von den vermeintlichen Sportsfreunden: ›Diese Binnenländer hatten keine Ahnung von der Naturkraft der Nordsee, keine Ahnung von den unausgesprochenen Regeln auf dem Wasser und keine Ahnung, was einem das Meer wirklich geben konnte, wenn man da draußen saß und einfach mal die Schnauze hielt‹. Die Festlandssurfer waren ständig am Sabbeln, schnitten dreist in der Welle und mussten dann noch reihenweise aus Trekkern, den gefährlichen Sögen zwischen den Sandbänken, gerettet werden. Sie hatten nicht die leiseste Ahnung von den Sylter Strömungverhältnissen.

Das alles war schlimm für die Surfer von Sylt, aber noch kein Grund zur Panik. *Hang-Loose, keep cool!* Dieses Lebensprinzip hatten sie verinnerlicht.

Gleichwohl grassierte ein zunehmendes Unbehagen, das an allem festgemacht wurde, was von außen auf diese Insel eindrang: die Urlauber, die Makler, die Zweitwohnungsbesitzer, die Pseudopromis und solche Leute wie Uschi Urban, die meinten, den Syltern zeigen zu können, wie man hier zu leben hätte.

Im Nachhinein überraschte es niemanden, dass ausgerechnet jene bis dahin gänzlich unpolitische Szene der Wellenreiter die ausschlaggebende Kraft für eine Revolte wider das Kartell aufbrachte. Sie bildete die größte gut vernetzte insulare Gruppe neben dem Urban-Clan. Surfer waren schwer korrumpierbar. Sie hatten kein Interesse am großen Geld und an Karriere und hielten sich vorwiegend in abhörsicheren Gewässern auf.

Bis es zu einer Zusammenrottung kam, die dem System gefährlich werden konnte, musste jedoch noch etwas passieren, das diese Szene endgültig aus ihrer Hang-Loose-Stimmung katapultierte.

Und das geschah im Mai 2019.

DER EKLAT

Bürgermeisterin Uschi Urban und ihr Tourismus-
direktor Alfred Pilz beäugten die Lage an den Sylter Stränden mit wachsender Aufmerksamkeit und
Unruhe. Allerdings aus unterschiedlichen Gründen.
Während Frau Urban mit ihrer äußerst feinen Nase
für politische Strömungen witterte, dass sich dort etwas ihrem mächtigen Zugriff entzog, ging es Pilz ums
Geld.

Alfred Pilz hatte sich in seiner dreijährigen Amtszeit bereits einen Namen als Finanzzauberer des insularen Tourismusservice gemacht. Ihm war es in
kürzester Zeit gelungen, die maroden Kurverwaltungen der Insel zu modernen Tourismus-Dienstleistern
umzubauen, die stromlinienförmig gestaltet und bestens durchstrukturiert waren. Sie warfen jede Menge
Profit ab. Das war sensationell. Kurverwaltungen und
Kurdirektoren galten im 20. Jahrhundert noch als
schwarze Löcher. Darin versenkten Gemeinden not-
gedrungen Unsummen an öffentlichen Geldern für
bunte Veranstaltungen, Kurkonzerte und Strandani-
mationen, um Urlauber bei Laune zu halten.

Pilz war es gelungen, den Spieß umzudrehen. Bei
ihm bewarben sich Künstler, Musiker und Animateu-

84

re um die Ehre, auf Sylt auftreten zu dürfen. Selbstredend nur gegen Bares. Ein Syltauftritt galt bald als gutes Sprungbrett für den bundesweiten Markt. Wer hier über eine Saison hinweg erfolgreich bei den Gästen trumpfte, war schnell zwischen Köln und Erfurt, Hannover und München bekannt wie ein Fernsehstar aus dem Dschungelcamp – eben weil die Urlauber aus ganz Deutschland anreisten. Früher waren Kurdirektoren meist heilfroh gewesen, wenn der eine oder andere Sylter sich etwas Unterhaltsames zur Touristenbelustigung ausdachte und Döntjes, Diavorträge oder Shanties zum Besten geben wollte. Jetzt bat die Kurdirektion einheimische Initiatoren zur Kasse, wenn sie mit Kleinkunst, Kunsthandwerk oder anderen Belustigungen das Angebot bereichern wollten. Gemeinderäume und die wenigen Werbetafeln standen allein dem offiziellen Service zu. Pilz hatte ein Händchen dafür, die Zitrone bis zum letzten Tropfen auszupressen und die Steuerkasse mit Abgaben zu füllen, von denen zuvor nie jemand etwas gehört hatte.

Auch wenn Pilz es persönlich nicht wirklich elegant fand, hielt er aus diesem Grund an den Kurkartenkontrollen bei den Strandübergängen fest. Lieber wäre es ihm gewesen, die fünf Euro Strandbenutzungsgebühr pro Gast versteckter einzutreiben, aber eine effektive, umsetzbare Idee war nicht in Sicht.

Alfred Pilz witterte eine neue Einnahmequelle auf dem Meer, die gut begründbar schien. Er war selbst erstaunt, ja ein wenig ärgerlich, dass er erst jetzt auf diese Idee gekommen war. Lag es doch greifbar auf der Hand: Die Einführung eines kostenpflichtigen Surf-Passes.

In den Sylter Partnergemeinden Lech und St. Moritz akzeptierten die Gäste sündhaft teure Skipässe ganz selbstverständlich an den Schneepisten. Warum sollte dies nicht für die Sylter Welle gelten? Anstelle der Bereitstellung von Skiliften lieferte der Strandbetrieb als Gegenleistung am Meer eben sehr aufwendige Rettungsschwimmerstände, Duschen, Toiletten und neuerdings sogar abschließbare Parkbügel für Surfbretter. Es ließ sich trefflich mit dem Sicherheitsrisiko argumentieren:

»Die zunehmenden Badeunfälle in Zusammenhang mit Schwimmbrett-Nutzern und Drachengleitern, machen es leider unumgänglich, geeignete Maßnahmen einzuleiten, die zu einer Reduzierung von Hartmaterialnutzern in Sylter Badegewässern führen.«

So ließ Alfred Pilz die Sylter Rundschau in schönstem Amtsdeutsch zitieren. Und Uschi Urban ergänzte:

»Surfpässe werden in den Monaten zwischen Mai und November ausschließlich an Gäste abgegeben, die keinen Erstwohnsitz auf der Insel haben. So soll die surfbare Sylter Welle als touristisches Alleinstellungsmerkmal, vorrangig zahlenden Besuchern angeboten werden. Dies ist schließlich eine entscheidende Wirtschaftsgrundlage aller Sylter Steuerzahler.«

Damit wäre die hiesige, sommerliche Surfszene weg vom Fenster gewesen, für immer raus aus der Welle, politisch kalt gestellt. Im Winter waren die meisten Wellenreiter ohnehin nicht auf der Insel, sondern in den weltweiten Surfrevieren zwischen Hawaii, Fuerteventura, Südafrika, Brasilien, Peru, und Bali unterwegs. Das Geld, das sie zur Saison als Rettungsschwimmer, Crepesdreher, Barkellner oder Servicedüsen verdienten, reichte meist gerade zur Deckung der Reisekosten dieser winterlichen Eskapaden. Etwas von dem sauer Verdienten für einen Surfpass abzudrücken, wäre selbst dann undenkbar gewesen, wenn sie die Berechtigung zum Kauf bekommen hätten. Die unmittelbare Kommerzialisierung der Nordseewelle war ein Sakrileg ersten Ranges.

»Hanna, was glaubst du, was dann geschah?«, fragte Urdig mit einem amüsierten, erwartungsvollen Lächeln auf den Lippen.

»Na ich vermute, einige starke Jungs sind mit ihren Brettern und den friesischen Kampfparolen *Frii es de Strönthgang, frii es de See* und *Lewer duar üs Slaav*[24] zum Rathaus marschiert und haben die hohen Damen und Herren des Kartells achtkantig von der Insel geworfen!«

»Ja, das wäre wahrscheinlich gewesen. Aber es kam ganz anders.«

24 Sylter Friesisch: Frei ist der Strandgang und frei ist die See.
   Lieber tot als Sklave.

Die Schamanen

Urdig lehnte sich zurück, überschlug seine Beine und schloss für einen Moment die Augen. Dann fuhr er fort:

»Du musst bedenken, dass die Surf-Bewegung wichtige Wurzeln in der Hippie-Szene der 1960er Jahre hat. Diese Peace and Love-Haltung war immer eine Unterströmung ihres Lebensstils geblieben. Seit der Jahrtausendwende hatten sich die Surfer einem weiteren, weltweit wachsenden Trend hingegeben, der Yoga-Bewegung. Anfangs fühlten sich viele von den Asanas[25] des Hatha-, Vinyasa-, Bikram-, Kundalini- und Jinyogis nur deshalb angezogen, weil es einfach ein sehr effektiver Workout zur Erhaltung von Geschmeidigkeit und Fitness war. Yoga ergänzte optimal den Surfsport. Bald merkten sie jedoch, dass die regelmäßige Praxis auch geistig und spirituell etwas bewirkte. Es kam in vielerlei Hinsicht zu einer Bewusstseinserweiterung. Und das ganz ohne Drogen.

Los ging es mit dem gesteigerten Wunsch nach gesunder, natürlicher und fair produzierter Ernährung. Die Surfer und Surferinnen mussten ohnehin für ihren Sport gesundheitlich fit bleiben und waren daher empfänglich für gutes Essen im besten Sinne. Durch ihre Weltreisen waren sie auch sensibilisiert für Fair

---

25 Sanskrit: Körperstellungen im Yoga

Trade Produkte. Junkfood[26] und Pharma-Fleisch waren out, vegan und BIO war in. Surf 'n' Turf mit Ribeyesteak stand nicht mehr auf der Speisekarte, sondern eher Beta-Carotinstampf mit Cremewirsing an kross gebratenen Tofuwürfeln. Die neue Ernährung mit Green Smoothies, Spirulina- und Chlorella-Algen-Drinks führte zu einer umfassenden Körperentgiftung und zu erhöhter Klarheit im Denken.

Über das tägliche, oft stundenlange, direkte Erlebnis im Meer und das Einssein mit den Naturgewalten entwickelte sich auf dieser Grundlage bei vielen Surfern eine innige Beziehung zur Schöpfung. In der gesamten Szene kam es zu einem nachhaltigen Paradigmenwechsel vom egozentrischen Ich zum altruistischen Wir. Und bei dem Wir waren alle freundlichen Wesen mit eingeschlossen.

Es war also undenkbar, mit direkter Anwendung von Gewalt anstehende Probleme zu lösen. Vielmehr besannen wir uns auf die Unterstützung von Naturkräften und die sanften Möglichkeiten von Ureinwohnern, um die große Wende herbeizuführen. Komm mal mit hier rüber, Hanna.«

Sie gingen vom Hauptsaal der Quelle in einen Nebenraum, der abgedunkelt war und setzten sich vor eine große Projektionsfläche, die als Folie auf die Glasfensterfront aufgedampft war.

---

26 engl.: ungesunde Nahrungsmittel mit wenig Nährwert

»Ich zeige dir jetzt einen Film, der die sanfte Revolte von Beginn an dokumentiert und zum kulturellen Erbe unserer Gemeinschaft zählt.«

Hanna kuschelte sich mit einem frischgepressten Krähenbeeren-Shake in einen der bequemen Kinosessel.

Der Film hatte die Qualität eines handgemachten Amateurvideos und startete auf einer Piste, irgendwo im Regenwald: Man sieht einen mit Surfbrettern hoch bepackten VW-Bus, in dem eine Gruppe von sieben Sylter Surfern der zweiten Generation ihren Spaß hat. Eine Einblendung zeigt den Schriftzug *Brasilien-Surf Tour 2013*.

Dann Schnitt.

Die Sylter sitzen mit Eingeborenen um ein Lagerfeuer, und scheinen sich bestens mit den Indianern zu verstehen. Offensichtlich ist es ein Schamane, der mit einer Federmaske, begleitet von rhythmischen Trommeln, um einen großen Urwaldbaum tanzt. Schließlich nimmt der Medizinmann eine glühende Klinge aus dem Feuer, ritzt den Baum an und fängt, beim Ausrufen kehliger Zauberlaute, den austretenden, klebrig- weißen Baumsaft in der Schädelkalotte eines Wollaffens auf. Mit großen Augen und offenen Mündern verfolgen die Sylter Surfer die Zeremonie. Im Hintergrund steigt der Vollmond auf.

Abermals Schnitt.

Der VW-Bus mit den Surfern ist wieder unterwegs auf der Piste. Ehrfürchtig reichen sie eine altmodische

Milchflasche mit blauem Etikett herum, auf dem die Fratze einer Maya-Göttin abgebildet ist. Sie wird von allen Seiten bestaunt wie ein kostbarer Edelstein. Daraufhin kramen einige Fotos vom Sylter Strand aus dem Portemonnaie und betrachten sehnsüchtig, mit Tränen in den Augen ihre Heimatinsel, andere sind davon so gerührt, dass sie leise vor sich hin schluchzen.

Wieder Schnitt.

Der Film zeigte nun bewegte Bilder in etwas besserer Aufnahmequalität: Eingeblendet wird der Schriftzug *Sylt, 21. Juni 2019*. Die Szenerie ist dunkel und unübersichtlich. Man sieht, wie zwei Maskierte nachts über den Zaun der Energieversorgung klettern und in das Gebäude des Wasserwerkes eindringen. Die nächste Einstellung zeigt zwei blonde Lockenköpfe, offenbar Surfertypen, die sich an einem großen Metalldeckel zu schaffen machen und ihn schließlich aufdrehen. Sie steigen in einen Schacht hinunter. Die Szene wird von Taschenlampen unvollständig beleuchtet. Am Boden des Schachtes leeren sie den Inhalt einer Milchflasche mit blauem Etikett in einen Rohrstutzen aus. Einige Minuten meditieren die beiden in einer speziellen Yogaposition. Die Typen verschwinden schließlich und hinterlassen alles so, wie es vorher war.

Die letzte Einstellung zeigt den Metalldeckel auf dem der Schriftzug *EVS- Zentraler Trinkwasserverteiler* eingraviert ist.

Und Schnitt.

DIE PYRAMIDE

Rantum, 2. Mai 2050

Im Quellensaal ging das Licht an. Hanna schaute Urdig mit ungläubigen Augen an.

»Nein! Du willst mir doch nicht etwa weismachen, dass die Jungs den Syltern diesen brasilianischen Schamanensaft ins Trinkwasser gekippt haben?«

»Oh doch, Hanna«, sagte Urdig gelassen.

»Es gab leider keine andere Möglichkeit mehr und es war die sanfteste Methode, die wir uns vorstellen konnten. Gleichzeitig zu dem EVS-Gelände im Film, drang in jener Nacht auch ein Kommando in das Wasserwerk der VEN-GmbH ein, die Wenningstedt und Kampen mit Trinkwasser versorgt. Zusätzlich injizierten wir das Urwaldgebräu über einige Erdwärmesonden direkt in die große insulare Grundwasserblase.

Einige von uns hatten in den Jahren vor der Revolte das Urwald-Mitbringsel unserer Glorreichen Sieben natürlich ausgiebig getestet. Wir wussten genau, was das Zeug für eine Wirkung hat. Und wir wussten auch, was wir taten. Erst machten wir beim Warten auf die nächste Welle unsere Späßchen im Wasser indem wir uns vorstellten, was passieren würde, wenn wir der ganzen Inselpolitiker-Bande einen

einschenken würden. Schließlich kamen wir zu dem Entschluss, dass es eine wirklich gute und machbare Idee sei. Gaia, die große Erdmutter würde uns bei der ganzen Aktion hundertprozentig unterstützen.«
An dieser Stelle seines Berichtes kicherte Urdig.

Hanna konnte es nicht abwarten, die ganze Geschichte zu hören.

»Was war geschehen, nachdem ihr die Flasche ins Trinkwasser geleert hattet?«

»Das werde ich dir später erzählen. Ich muss jetzt zur Meditation in die Pyramide. Willst Du mitkommen?«

»Nichts lieber als das«, sagte Hanna.

Sie griffen sich jeder einen Wheeler und schwebten auf der violetten Spur entlang der Salzwiesen in Richtung Süden. Dort, wo früher einmal das legendäre Restaurant *Sansibar* gestanden hatte, ragte nun eine schwarze Pyramide aus der Dünenlandschaft.

»Wir mussten diesen Ort natürlich nutzen«, sagte Urdig.

Die Jahrzehnte zuvor, hatte sich hier ein stets überfülltes Kultrestaurant unter dem Dach einer alten Holzhütte gehalten. Keiner konnte sich damals erklären, weshalb der Schuppen eine bundesweite Ausstrahlung erreicht hatte. Hier gab sich eine Promi-Schickeria die Klinke in die Hand und teilte ohne zu murren mit *Muddis und Vaddis* aus ganz Deutschland den rustikalen Holztisch mit Blick in die Düne. Selbst Top-Automarken wie Mercedes oder Fluggesellschaften wie Air Berlin sprangen auf den Sansibar-Hype mit Partnerverträgen und Werbeaktionen auf. Monte Carlo, Nizza und Palma de Mallorca hätten sich danach die Finger geleckt.

»Natürlich ist das hier ein Kraftplatz«, führte Urdig aus. »Der Sansibar-Boom hatte also nur bedingt etwas mit der Qualität der Speisen und den Lagen der Weine zu tun gehabt. Die hatten einfach Glück, mit ihrer Holzbude am richtigen Ort zu stehen. Heute nutzen wir diesen Platz für feinere Energien statt Völlerei und Vollrausch.«

Trotz des mächtigen Gebäudes passte sich die Pyramide ästhetisch in die Landschaft der dunkelgrünen Heidedünen ein und wirkte wie ein mystischer Tempel vor der Kulisse des graublauen Meeres. Auf ihrer Süd- und Westfläche befanden sich verspiegelte, meerblaue Panoramascheiben, die offenbar nur von innen nach außen durchsichtig waren. Vor dem Eingang stand eine große Buddhastatue aus verwittertem Hartholz.

An der meereszugewandten Basis der Pyramide war eine großzügige Terrasse aus Holz angelegt, in der mehrere Jacuzzis dampften. Drumherum befand sich eine Liegewiese aus weichen NeoFrott-Sofas und -kissen. »Willst du hier in der *Bahama-Ecke* Platz nehmen, oder möchtest du mit zur Meditation?«, fragte Urdig.

»Klar komm ich mit rein!«, antwortete Hanna etwas irritiert.

94

Sie gingen die wenigen Stufen der Treppe zum schlichten Eingang der Pyramide hoch und gelangten in einen Vorraum, in dem sie ihre Schuhe ablegten und sich am Spender mit Kristallwasser bedienten. Dann gingen sie in die Hauptkammer der Pyramide.

Hanna musste beim Eintritt ihre Augen zusammenkneifen, so hell reflektierte das Licht von der riesigen Kristallkugel im Zentrum des Raumes. Nachdem sie sich an die Helligkeit gewöhnt hatte, bemerkte sie den armdicken Sonnenlichtstrahl, der durch eine Sammellinse an der Spitze der Pyramide gebündelt wurde und direkt auf die Kugel aus klarem Bergkristall hinunter fiel. Die Kristallkugel verteilte das Licht als diffusen Schein in der gesamten Halle. Hier fanden mehrere hundert Personen Platz. Außer der Kristallkugel war fast nichts in dem Raum, nur Meditationskissen, einige Stühle und Yogamatten. In der Nordwest-Ecke des Saales ruhte eine große tibetische Klangschale auf einem Brokatkissen. Die blauen Panoramascheiben gaben aus dieser Perspektive nicht den Blick aufs Meer, sondern auf das Firmament frei. »Zur Nacht kannst du von hier aus den Sternenhimmel genießen«, flüsterte Urdig.

Die Halle war zu dieser Tageszeit fast leer. Rund um den Kristall saßen knapp zwanzig Leute im Yogasitz und waren in stille Meditation vertieft. Hanna und Urdig nahmen sich ein Medikissen und gesellten sich schweigend hinzu. Sie warf noch einen Blick auf die Kristallkugel und schloss dann die Augen.

Natürlich war Hanna in New York die aufblühende New Age-Welle nicht verborgen geblieben und ihre Therapeutin hatte ihr schon vor Jahren empfohlen, regelmäßig zum Bikram Yoga zu gehen. Die wöchentlichen Verrenkungen bei 39 Grad Raumtemperatur waren ihr schnell zu viel geworden. Aber den einfachen Yogasitz beherrschte sie noch gut.

Kaum hatte sie sich auf dem festen Kissen zurecht geruckelt, erklang der tiefe Gong der Metallschale und eine leichte belebende Vibration durchfuhr ihren Körper. Die Helligkeit der Kristallkugel drang sanft, als orangefarbenes Licht durch ihre geschlossenen Augenlider und erwärmte leicht ihre Stirn. Wie auf einer inneren Leinwand begannen Szenen aus ihrem Leben vorbeizuziehen: die eingestürzten Häuser von Christchurch, die Umarmung ihrer weinenden Mutter, die Trennung von Aaron, ihrem ersten Freund in New York, die Gefühle nach der Abtreibung in der Klinik in Boston und viele, viele furchtbare Pressefotos aus ihrer Karriere, bei deren Entstehung sie selbst hautnah dabei gewesen war. Diese Bilder hätten sie in anderen Situationen sicherlich zu Heulkrämpfen durchgeschüttelt. Wie nicht selten an jenen einsamen, verregneten Wochenenden im Haus auf Martha's Vineyard, wenn sie in Frust und Langeweile abstürzte.

Hier, in der Pyramide konnte sie ruhig und entspannt diesen inneren Film laufen lassen und darüber reflektieren. Ihr Leben war bis vor kurzem eine ständige Hetze nach dem Kick gewesen, immer auf der Suche nach der nächsten Wunscherfüllung und Karriere, Karriere, Karriere. Wenn sie ein Ziel erreicht hatte, befriedigte es nur kurze Zeit. Sie hatte irgendwann ihre Wurzeln verloren und merkte hier und jetzt auf Sylt, dass sie gerade wieder ganz vorsichtig zu sprießen begannen.

In dem Moment, wo ein unbeschreibliches Glücksgefühl von tief unten über das Rückgrat in ihren Kopf kribbelte, machte es Gong, Gong, Gong. Der Klang der tibetischen Metallschale beendete die Mittagsmeditation. Sie hatte keine Ahnung, wie lange sie dort gesessen hatte und auch nicht, wer sie vom Medikissen aus der Halle heraus führte. Das Erste, was sie im Außen wieder wahrnahm, war das Blitzen in den Augen des 91jährigen Urdig. Diese Augen schienen ganz freundlich und tief in sie hineinzublicken.

»Du bist wieder zu Hause«, sagte er, nahm ihre Hand und geleitete sie die Stufen hinunter ans Meer. Sie legten beide ihre NeoFrott-Anzüge ab und sprangen in die Brandung. Hanna spürte, dass sie jetzt wirklich auf der Insel angekommen war. Zuletzt hatte sie als Kind die Farben und Gerüche der Dünen und des Meeres so intensiv wahrgenommen. Sie fühlte sich nun ganz entspannt im Hier und Jetzt.

Nach dem Bad verweilten sie noch etwas bei den anderen Yogis, die in der Sonne vor der Pyramide Strandweizengras-Drinks und Krähenbeeren-Smoothies genossen.

Hanna hatte noch so viele offene Fragen und vor allem wollte sie wissen, wie es nach der Sache im Wasserwerk weitergegangen war. Urdig warf sich eine Handvoll Algensalzsnacks in den Mund und kicherte bei dem Thema gleich wieder leise los.

DIE WENDE

Sylt, 31. Mai 2019

»Okay, wie Du weißt, war die Situation wirklich ernst geworden. Die Machenschaften des Kartells, die Verödung der Inselorte, der stinkende Autoverkehr, die Drogen, die Kommerzialisierung von fast allen Lebensbereichen, inklusive unserer Wellen. Es musste etwas geschehen und es sollte ohne Blutvergießen passieren.

Es war niemand in Sicht, der auch nur ansatzweise zeigte, etwas verändern zu wollen, oder zu können. Weder die politischen Parteien, oder die Umweltschutzverbände, noch die Sölring Foriining, der Sylter Heimatverein. Alle waren in ihren bürokratischen Strukturen, vor Fernsehern und Computern versackt und dem System irgendwie hörig.

Wir Surfer mussten es also selber tun.

Ja, es stimmt, wir wurden zu Brunnenvergiftern, allerdings mit einem Gift, das nicht tötet, sondern Herz und Augen für das Wesentliche öffnet. Kayahuasca, der weiße Saft des brasilianischen Goho-Baumes, ist ein Wunderdrink der kreativ wirkt, wenn er unter den richtigen Umständen geerntet wird.

Nachdem die Flasche ins Trinkwassernetz der Insel entleert worden war, gingen wir alle erst mal schlafen.

Aus eigener Erfahrung wussten wir, dass minimalste, homöopathische Mengen nach etwa vierundzwanzig Stunden zu wirken beginnen. In der Regel kommt es vorher noch zur sogenannten Erstverschlimmerung, also einem kurz aufflammenden, gegenteiligen Effekt, ehe die Heilungsphase einsetzt. Außerdem war allen klar, dass der Großteil der Sylter Bevölkerung erst mit dem nächsten Frühstück ausreichend Trinkwasser zu sich nehmen würde.

Wir rüsteten uns also auf den Abend des folgenden Tages, indem wir unsere Häuser verrammelten und unsere Kinder für die Phase der Erstverschlimmerung in Sicherheit brachten. Leichte Veränderungen der Stimmung waren gegen 17 Uhr zu spüren. Ab 19 Uhr hörten wir Polizeiautos durch die Straßen fahren und Blaulicht blitzte unaufhörlich durch die Fenster. Polizei und Zoll führten Razzien in zahlreichen Häusern durch, die offensichtlich auf einer schwarzen Liste standen. Der Fernsehsender Sylt Eins und Sölring Radio brachten, statt der 20 Uhr Nachrichten, eine Sonderansprache von Uschi Urban«, erinnerte sich Urdig.

Die Bürgermeisterin hatte sich für diesen Einsatz im roten Ledermini ganz besonders sexy aufgemacht. Sie trat vor ein kleines, mobiles Rednerpult, das immer vor dem Rathaus platziert wurde, wenn sie zum Volk sprach. Hinter ihr leuchtete die Sylter Flagge im Kameraflutlicht: »… diese Wellenreiter sind nichtsnutzige Elemente, die rein gar nichts zum Bruttosozialprodukt unserer Insel beitragen!«

Uschi Urban lamentierte nervös eine Stunde lang über die Notwendigkeit, weitere Grundstücke der Insel Investoren zur Verfügung zu stellen, die einen bitter notwendigen, nachhaltigen Fortschritt nach Sylt bringen würden. Davon könnten schließlich alle Sylter profitieren. Während sie pausenlos weiterschwatzte bildete sich in ihren Mundwinkeln ein weißer Schaum, der sich durch ihr Lippen-Makeup bald in ein sämiges Rosa verfärbte.

»Wenn erst die gesamte Insel zu einem der gigantischsten Altenpflegeheime Deutschlands ausgebaut ist, können wir Sylter uns goldene Wasserhähne in die Badewannen einbauen lassen …«

In der Friedrichstraße brach zum gleichen Zeitpunkt unter den Passanten ein wahrer Kauf- und Fressrausch aus. Goschs Fischlokal platzte aus allen Nähten und vor dem Brastwurstglöckl und bei McDonalds standen die Leute in Dreierschlangen für simple Pommes rot/weiß, Currywurst, Scampis in Sahnesauce oder einen Hamburger an. In der Strandstraße bildeten sich Schlangen vor dem neuen Inselbordell. Die Damen von Sylt-Escort schoben die ganze Nacht Sonderschichten. In den Mode-Shops von Sansibar und Buhne 16 oder Läden von Arqueonautas und Napapiri gab es Hauen und Stechen um Grabbeltische und Regale. Natürlich bezahlten alle Kunden brav mit Bargeld oder Kreditkarte. So zog sich der Konsumterror durch die ganze Stadt.

Im Ortsteil Kampen kam es zu hochnotpeinlichen Situationen: ältere Ehefrauen rissen sich von ihren Männern los und fielen auf offener Straße Prominente, wie Jan Delay, Jürgen Klopp, Johannes B. Kerner und sogar den greisen Karl Dall und den alten Wolfgang Schäuble auf offener Straße an. Die Promis erwiderten die leidenschaftlich feuchten Fanküsse nur widerwillig. Günter Jauch rannte hektisch vor dem Kaamphüs hin und her und lamentierte: ›Wer bleibt Millionär, wer bleibt Millionär?‹ Dazu trällerte Reinhard Mey auf dem Friesenwall zum 223igsten Mal *Gute Nacht, Freunde!*

Die im beigen Colombo-Outfit einhertrottelnden Ehemänner kauften plötzlich sündhaft teuren Schmuck aus den Vitrinen von Cartier und Bulgari. Den Klunker verschenkten sie gleich aus vollen Händen weiter an alternde TV-Sternchen wie Sabine Christiansen, Elvira Netzer und Britta Kerner.

Und alle rasten, fix wie Emerson Fittipaldi und Jutta Kleinschmidt, mit ihren Porsches, SUVs, Hummers und Harleys zwischen dem Arosa in List, der Sturmhaube von Kampen, Rantums Sansibar und Hörnums Budersand hin und her.

In den Kampener Clubs und Lokalen der Whiskystraße kehrten Toilettenfrauen im Morgengrauen das Koks von den Kachelsimsen in kleine Gefrierbeutel, um ihren Verwandten in Berlin ein Carepaket mit *Original Sylter Schnee* zu senden.

Der Leiter des Insel-Tourismus-Service, Alfred Pilz, saß mit einem leicht debilen, aber behaglichen Lächeln im Keller des Westerländer Kongresszentrums. Mit anschwellender Begeisterung zählte er unaufhörlich dieselben Geldscheine und sortierte Ehren-Kurkarten in einem Setzkasten um.

Im Rathaus wiederholte der Gemeinderat zum vierundneunzigsten Mal eine Abstimmung über die Frage, ob eine marode Halle aus dem zweiten Weltkrieg abgerissen oder saniert werden solle. Jedes Mal musste der Bürgervorsteher einzelne Fraktionsmitglieder wecken, die am ovalen Tisch der Inselvertreter eingeschlafen waren, jedes Mal wiederholte er anhand eines Bebauungsplanes das Für und Wider, jedes Mal gab es danach kontroverse Diskussionen.

Das ganze Spektakel dauerte die Nacht hindurch, ehe alle in einen ziemlich erschöpften Tiefschlaf fielen.

Hanna legte ihren Kuli beiseite und schaute Urdig ungläubig an. »Mit der aufgehenden Sonne zeigte sich ein ganz anderes Bild. Die Phase der Erstverschlimmerung war überstanden und das Goho-Gebräu entfaltete seine eigentliche, reinigende Wirkung. Wir Surfer trauten uns nun wieder auf die Straßen und erblickten Szenen der Rührung. Wildfremde Menschen lagen sich in den Armen, wünschten sich Glück, tauschten Blumen aus und erkundigten sich, wie sie sich nützlich machen könnten. Viele streckten lässig den Arm aus und formten die Faust, erst zum *Victory-*, und dann zum *Hang-Loose* Zeichen.

Die Bahn setzte Sonderzüge zum Festland ein, um den Ansturm der Abreisenden zu bewältigen. Goho-Saft hatte in erster Linie zur Folge, dass man unerträgliches Heimweh nach jenem Ort empfand, wo es sein Herz wirklich hinzog. Das Tropenbaumkonzentrat führte jeden, der damit in Berührung kam, auf direktem Wege zu den eigenen Wurzeln.

Als die Urlauber, Glücksritter, Makler aus Frankfurt am Main, München oder Düsseldorf sehnsuchtsvoll verweint am Bahnhof standen, um unverzüglich nach Hause abzureisen, räumte selbst Uschi Urban im Rathaus Westerland ihren Schreibtisch und schaute beim Packen melancholisch auf ein Foto. Es zeigte sie im Kreise ihrer Kinder vor der Pfarrkirche St. Georg im oberbayrischen Heimatdorf. Ähnlich ging es den anderen Galionsfiguren des Rathaus-Kartells.

Alfred Pilz stand verzweifelt wie ein Vierjähriger am Bahnschalter und hielt der Fahrkartenverkäuferin neben etlichen Banknoten einige Freikarten für den Sylter Unternehmerball hin und jammerte:

»Ich will sofort zurück nach Neuss!«

TEIL II

O wia wukket nie! Ojowa tuta me!

O klage nicht! O zage nicht!
Die Dämonen wollen wir bezwingen![27]

---

27 friesischer Reimspruch

ABNABELUNG UND KLÄRUNG

Hanna atmete tief durch:

»Da wäre ich gern dabei gewesen.«

Urdig nahm einen Schluck aus dem Wasserspender und fuhr mit seiner Erzählung fort:

»Bevor die entscheidenden Funktionäre und Alphatiere der Insel das Weite suchten, sorgten wir dafür, dass sie wichtige Besitzurkunden, Geschäfts-, Vertrags- und Kooperationspapiere mit uns durchsahen und veränderten. Sicherheitshalber ließen uns die gerührten Amt- und Würdenträger aus eigenen Stücken eine Menge unterschriebener Blankozettel und Formulare zurück. Die nutzten wir später in aller Ruhe, um rechtlich sauber und abgesichert Veränderungen für die Insel einzuleiten.«

Urdig richtete sich auf.

»Ich betone: Goho wirkte nicht gegen Auswärtige als solche. Es ging nicht darum, seit wie vielen Generationen deine Familie schon auf dieser Insel lebte, ob du hier geboren oder zugereist warst, welche Hautfarbe du hattest, welcher Kultur, Sprache oder Religion du anhingst. Es ging ausschließlich darum, ob du deine Energie, deinen Enthusiasmus, deine Dankbarkeit, von ganzem Herzen dieser Insel widmetest. So kam es, dass manche unachtsame Altfriesen ans Festland abreisten und Bürger anderer Nationen und Glaubensrichtungen auf der Insel blieben, weil sie diesen Ort wirklich als ihre Wahlheimat wertschätzten. Darunter auch viele Flüchtlinge, die hier erst vor wenigen Jahren Asyl gefunden hatten und überglücklich waren, auf dem schönen Sylt sein zu dürfen.

Nachdem alle Bewohner, in deren Herz nicht die Insel wohnte, Sylt freiwillig verlassen hatten, leiteten wir Phase 2 unseres Befreiungsplanes ein. Jetzt waren wir unter uns und viele Insulaner verspürten den unwiderstehlichen Drang, etwas Uneigennütziges für ihre Heimatinsel zu tun. So war es leicht, eine Gruppe von Bauarbeitern mit schwerem Gerät zusammenzustellen, die in der Lage waren, Sylts Festlandsverbindung endgültig zu kappen.

Zuvor luden wir alle Exil - Sylter ein, zurück nach Hause zu kommen. Wohnraum gab es jetzt genug, es standen ja sehr viele Häuser leer. Jeder Rückkehrer wurde gleich am Bahnhof mit einer Flasche *Original Sylter Goho-Trinkwasser* begrüßt.

Am dritten Tag unserer Revolution war ein dumpfer Knall über der Insel zu hören, dem eine kleine Rauchwolke folgte. Die Sprengstoffexperten des Sylter Katastrophenschutzes hatten kurz hinter der Nössehalbinsel im Watt eine hundert Meter breite Schneise in den Hindenburgdamm gesprengt. Sylt war jetzt wieder komplett umgeben vom Meer. Eine echte Insel. Der weitere Abbau des gesamten Bahndamms dauerte bis Ende 2019.

Uns war klar, dass wir jetzt gerade den ersten Schritt geschafft hatten. Der zweite würde erheblich schwieriger werden: der Aufbau einer neuen insularen Gesellschaft auf der Grundlage von *RIF*.

Der Vorteil war jedoch, dass Goho-Kayahuasca keine Droge im herkömmlichen Sinn war, sondern eine Art homöopathisches Mittel, das tiefgreifend und dauerhaft zu einer Klärung von Körper, Geist und Seele führte. Wir gingen also mit einer sehr optimistischen, kooperativen und offenen Bevölkerung in die nächste Phase. Alle Beteiligten wollten nicht aus einer Notsituation, sondern aus eigenem Antrieb etwas für sich und die Gemeinschaft verändern.

Diese Phase würde schmerzhaft werden, aber uns war klar, dass keiner darum herum käme. Jeder Einzelne von uns musste die Ursachen anschauen, die die egozentrische gesellschaftliche Entwicklung verursacht hatte, dessen Ende wir gerade herbeiführten. Wir mussten in einen psychologischen Klärungsprozess gehen, um gestärkt neue Ziele und Wege anpacken zu können.

Die Schamanen des brasilianischen Urwaldes hatten uns frühzeitig darüber aufgeklärt, was nach den ersten Wirkphasen von Goho zu tun war. Seit 2013, dem Jahr des ersten Besuchs bei den Medizinmännern, waren kleine Gruppen aus unserer Surferszene regelmäßig in den Regenwald gereist, um sich in Goho-Transformationsritualen unterweisen zu lassen. Auch ich durfte bei diesen Gelegenheiten die Weisheit der Schamanen erlernen.

Der erste Schritt bestand darin, rituelle Schwitzhütten in allen Inselorten aufzubauen. Wir hatten uns mit den Schamanen auf dieses Reinigungszeremoniell nordamerikanischer Indianer geeinigt. Ihre südamerikanische Variante fiel von vornherein flach, da es auf Sylt keine höheren Bäume gab: der Bau toltekischer Rekapitulationskammern. Kleine Holzverschläge, die im Wipfel von dreißig Meter hohen Bäumen befestigt werden und in die sich jede Person einzeln, bei Wasser und Brot, solange zurückzieht, bis sie alle Fehler des Lebens tief reflektiert und voller Demut geläutert hat.

Selbst wenn solche Baumriesen auf Sylt wachsen würden, hätte alles viel zu lange gedauert und einen ziemlichen Aufwand erfordert. Wir brauchten Methoden, die auf einen Schlag größere Gruppen in einen Reinigungsprozess bringen konnten.

Die Schwitzhütten bauten wir mit Material von der Insel. Wir nannten sie *Persönliche Biiken*, denn der Aufbau der Reisig-Kuppeln vor dem Feuerplatz, erinnerte an die alten Sylter Biikehaufen. Dieses traditionelle Gemeinschaftsritual der Inselfriesen war in den letzten Jahren des Kartells zu einem sinnleeren Touri-Belustigungsfest inklusive Grünkohl-Satt mit anschließendem Alkoholrausch verkommen. Ursprünglich hatten Biiken eine tiefe Bedeutung für die Gemeinschaft gehabt: zum Beispiel, Recht und Klarheit in den Angelegenheiten der Insel zu schaffen. Später wurde dann ein Abschiedsritual daraus. Für die Mutigen, die Ende Februar zum Walfang im

Nordmeer aufbrachen. Wir fanden es bereichernd, mit den Schwitzhütten wieder ein tiefgründiges Feuerritual auf der Insel feiern zu können.«

Hanna wusste durchaus, was mit Schwitzhütte gemeint war:

»Ich habe vor Jahren mal eine Reportage über die Pine Ridge Reservation der Lakota Indianer in South Dakota gemacht.

Der Medizinmann Lame Deer lud mich zu einem Schwitzhütten-Ritual ein. Die höchste Medizinfrau der Lakota führte die Zeremonie für die weiblichen Mitglieder des Reservates durch. Wir standen mit zwanzig Frauen am Feuer, das vor einer niedrigen, mit Decken überhäuften, igluförmigen Hütte brannte. Sie hatte einen Durchmesser von drei, vier Metern. Auf einen Wink der Medizinfrau krochen wir nackt, auf allen Vieren, durch den winzigen Eingang der Hütte in die komplette Dunkelheit. Ohne etwas von den anderen sehen zu können, reihten wir uns dicht an dicht in den kleinen Zirkel auf den Erdboden. Zum Schluss zwängte sich noch die Medizinfrau hinein und sagte laut und deutlich *Ho metake oyasin*, was soviel bedeutet wie: *Alle meine Verwandte* und die Verbindung mit sämtlichen Geschöpfen der Erde und den Vorfahren meint.

Jede von uns hatte dann die Gelegenheit, eine Bitte, einen Wunsch oder ein Problem zu äußern, das zur

Lösung dem *Great Spirit*[28] übergeben werden sollte.
Nach einem indianischen Gesang, rief die Medizinfrau den *Firekeeper*[29]. Dann sah ich ein Bild, das sich
für ewig in mein Gedächtnis eingebrannt hat: in der
tiefschwarzen Dunkelheit und Enge der Schwitzhütte
erschien, wie von Geisterhand bewegt, ein kopfgro-
ßer, orangerot glühender Stein, der eine Hitzewelle
ausstrahlte und magisch, lebendig funkelte. Der
Firekeeper bugsierte den glühenden Stein mit einem
langen Stab in die kleine, zentrale Vertiefung am
Erdboden der Hütte. Die Medizinfrau begrüßte ihn
mit Salbeikraut und Süßgras. Die Kräuter verpuff-
ten sofort auf der gleißenden Oberfläche des Steines.
Ein kleiner Funkenregen in der Dunkelheit und augenblicklich verströmte sich heiliger, wohlriechender
Kräuterduft in dem kleinen Universum der Schwitzhütte. Der Salbei diente zum Ausladen jener Geister,
die nicht hilfreich für diese Zeremonie waren und das
Süßgras lud die unterstützenden Kräfte in die kleine
Runde ein. In dieser Weise schob der Firekeeper mehrere glühende Brocken ins Innere der Hütte, so dass
sich allmählich im rötlichen Lichtschein der Glut die
Umrisse der Frauen zeigten. Aber alle schauten wie
gebannt in die fast durchsichtigen, rot-gelb glühend,
flackernden Wackersteine.

---

28 engl.: Großer Geist
29 engl.: Hüter des Feuers

Nachdem die Medizinfrau Gebete in die vier Himmelsrichtungen gesprochen und den Steingeistern gedankt hatte, entleerte sie eine Holzkelle Quellwasser über den heißen Steinhaufen.

Ein lautes Zischen und eine höllische Dampfwolke rissen mich aus meinen Gedanken. Der Wasserdampf brannte auf der Haut. Dies wiederholte sich mehrmals. Zu Beginn saß ich noch mit erhobenem Kopf, im Fersensitz, aber spätestens nach dem zweiten Aufguss, zog es mich hinunter auf den kühlenden Erdboden. Während wir Frauen uns vor Hitze krümmten und unsere Finger in die blanke Erde krallten, sprach die Medizinfrau indianische Gebete. Der Firekeeper schob mehr glühende Steine nach. Aus der Embryonalhaltung am Boden, die vom Gefühl der Demut und Hingabe geprägt war, durfte jede einzelne von uns Worte der Reue und Hoffnung sprechen und den Great Spirit um Hilfe bitten.«

Hannas Gesicht glühte beim Erzählen.

»Das Ritual dauerte vier Stunden, die mein Leben damals ganz schön veränderten.

Nachdem ich von Pine Ridge wieder nach New York zurückgekehrt war, merkte ich, dass sich meine Interessen immer mehr verschoben. Die Phase, in der ich klatschend und tratschend mit meinen CNN-Kollegen jede Nacht durch die Clubs von Manhattan zog, ging allmählich zu Ende. Ich interessierte mich plötzlich viel mehr für esoterische Buchläden, Bioshops und Yogaschulen. Leider hielt diese Welle aber nicht lange an. Meine Auslandseinsätze für CNN ließen den Faden wieder reißen, aber ein Same war gesetzt und ich glaube ich kann hier und jetzt auf Sylt wieder daran anknüpfen.«

Urdig nickte:

»Der Große Geist ist überall und wartet darauf, dass du deine Tür einen kleinen Spalt öffnest. Wenn du es erlaubst, kommt er in riesigen Schritten auf dich zu. Komm morgen wieder, dann zeige ich dir unseren großen Thing-Platz.«

RIF

Urdig und Hanna griffen ihre Wheeler und gaben *Wenningstedt gelb und braun* in den Navigator ein. Die Schwebetour führte sie den Strand entlang in Richtung Rantum. Seehunde und Kegelrobben reckten ihre dunklen Köpfe aus dem Wasser. Surfer ließen sich von der Brandung ans Ufer schieben und oder ritten elegant einzelne Wellen ab. In den hohen Randdünen des Naturschutzgebietes zwitscherte und piepte es. Es war ja schließlich Frühling und die Dünen voll von Nestern und Bruthöhlen: Eiderenten, Brandgänse und Sturmmöwen zogen hier wieder in ausgedehnten Kolonien ihre Küken auf, nachdem der Hindenburgdamm eliminiert worden war. Die Sprengung hatte bewirkt, dass Füchse und andere Feinde der Bodenbrüter es nicht mehr vom Festland auf die Insel schafften.

»Du siehst«, lachte Urdig ihr vom Wheeler aus zu *Rückschritt ist Fortschritt!* Wir haben hier wieder eine natürliche Artenvielfalt wie vor hundertfünfzig Jahren.«

Kurz nachdem sie das alte Hotel Sölring Hof auf dem Dünenkamm passiert hatten, schwenkten die Wheeler nach rechts über die Düne und steuerten auf die Kreisarchitektur des Campus Sylt zu. Diesmal parkten sie nicht bei den Füllstationen, sondern setzten ihre Fahrt hinter dem Glasgebäude fort. Am Hafen entlang schwebten sie weiter über den schmalen Rantum-Becken Damm. Hanna hatte großen Spaß an der rasanten Fahrt mit dem Wheeler. Sie ließ ihr langes blondes Haar im Wind flattern und gab Gas, wenn Urdig sie lachend überholte.

»Bewundernswert, wie rasant dieser alte Zauberer immer noch die Kurven nimmt«, dachte Hanna.

Beiderseits des Dammes hatte sich in den Jahren ihrer Abwesenheit ein Wildvogelparadies entwickelt, wie sie es nur aus Nationalparks der USA kannte.

Das Vogelschutzgebiet Rantum Becken zur Linken war von Schilf und Erlen eingewachsen und bildete einen riesigen, ungestörten See. Das Schilf durchzog ein verzweigtes Tunnelsystem, das auf unterschiedlichen Höhenniveaus angelegt war. Die verbundenen 2,5 Meter dicken Röhren bestanden aus verspiegeltem Spezialglas, so dass Wanderer nur von innen nach außen hindurchschauen konnten. So war es für Spaziergänger möglich, unmittelbar durch die Vogelkolonien zu wandern ohne seltene Arten bei der Rast oder Brutpflege zu stören.

Innerhalb der Röhren waren rustikale Holzstege verlegt, wie sie auf Sylt seit jeher in Schutzgebieten Verwendung fanden. An besonderen Punkten öffneten sich die Röhren zu Rastplätzen. Hier konnten Besucher vertiefte Informationen zu Flora und Fauna des Schutzgebietes aufnehmen. Einfache Säulen in die sich Besucher per Smartphone einloggten, erzählten per Audio oder Video alles Wissenswerte zum Gebiet. Ein Ast des Ganglabyrinthes endete auf dem Campus Sylt im Fakultätsbereich *Insel-Ökologie*. Schüler und Studenten gingen von hier direkt aus dem Hörsaal auf Exkursion ins Naturschutzgebiet hinein und betrieben Feldstudien.

Im Rantum Becken versammelten sich alle Wasservogelarten, die Ornithologen sich in diesen Breiten denken konnte. Dank des Klimawandels waren inzwischen auch Pelikane, Seidenreiher, Flamingos und Schreiadler heimisch. Löffler hatten sich schon 2013 eingebürgert. Zwischen den Schilfbeständen tummelten sich Fischotter und Biber, die ihre großen Nester aus abgestorbenen Pflanzenteilen bauten. Otternasen auf der Außen- und Kindernasen auf der Innenseite des Glastunnels drückten sich neugierig an die Scheiben. Innerhalb des Tunnelsystems gab es immer wieder gemütliche Nischen, die genau über einem Vogelnest oder einem Biberbau lagen. Besucher legten sich dort stundenlang auf die Lauer, um deren aufregende Kinderstuben in Ruhe zu studieren.

Auf der rechten Seite des Dammes erstreckte sich das Wattenmeer. Jetzt im Mai stocherten dort bereits Scharen von Säbelschnäblern, Löfflern, Seidenreihern und Stelzenläufern im Schlick. Der Rantumbecken-Damm und der Nössedeich bildeten hier eine ruhige Bucht, in der sich gerade ein großer Schwarm weißer Flamingos niederließ, als Hanna und Urdig vorbei schwebten.

Die Wheeler trugen die beiden weiter, durch die Tinnumer Wiesen in Richtung Keitum.

Der Ort hatte sich seit Hannas letztem Besuch im Jahre 2014 vollkommen verändert. Die Keitumer hatten ihr Kapitänsdorf aus dem 13. Jahrhundert wieder hergestellt. Es war von allen Elementen bereinigt worden, die nicht zum Ambiente eines gewachsenen, kleinen Friesendorfes passten. Es gab keine Autostraßen mehr, die durch, oder um den Ort herum führten. Mit der Landesstraße, waren auch die autobahnähnlichen Verkehrsschilder verschwunden, die Hanna hier schon in ihrer Jugend so deplaziert empfunden hatte. Parkplätze und Lagerhallen hatten die Dorfbewohner eliminiert und entstandene Freiflächen renaturiert. Alle Häuser, die ins uralte Kapitänsambiente passten waren hübsch in Schuss und dauerbewohnt. Alle anderen waren verschwunden. Dazwischen führten schmale Pfade, oder etwas breitere Kopfsteinpflasterstraßen, die das Pferdegetrappel von Kutschgespannen verstärkten.

Keitum hatte sich zu einem lebendigen Dorf der Kunsthandwerker gewandelt. Die Manufakturen konnten sich hier nur niederlassen, wenn sie, zusätzlich zum Laden eine Werkstatt mit eigener Fertigung unterhielten. Neben den Geschäften mit filigraneren Arbeiten von Goldschmieden, gab es im Dorfkern Gassen, in denen Weber und Töpfer ihr Handwerk betrieben.

Hufschmiede und Bootsbauer hatten sich nahe der Wiesen und am Watt niedergelassen, Maler, Plastiker, Holzschnitzer, Glasbläser und Graphiker im Bereich des Tipkenhooges. Diese Berufe erlebten nach der Wende eine Renaissance, denn die Inselbevölkerung wollte ganz bewusst in vielerlei Hinsicht ent-schleunigen, ent-technisieren und ent-modernisieren.

Das hieß jedoch nicht, dass die Sylter nützlichen Erfindungen der Digitalzeit nicht aufgeschlossen gegenüberstanden, wenn sie geeignet waren, die Umweltsituation für Menschen, Pflanzen und Tiere nachhaltig zu verbessern. Beispielsweise die Einführung der Magnetfeld- und Wasserstoffantriebe oder die Nutzung digitaler Audioguides.

Jeder Rückschritt in altbewährte Technologien oder Herangehensweisen, musste seinen Fortschritt für Gesundheit, Bewusstsein und echte Lebensqualität auf der Insel beweisen, bevor die Insulaner ihn endgültig umsetzten. Und jeder moderne Fortschritt musste nachweisen, in dieser Hinsicht keinerlei Rückschritte zu bringen:

RIF. Rückschritt ist Fortschritt.

Hanna bekam ein immer deutlicheres Gespür dafür, was mit dem Motto der Insel gemeint war.

Tempel der Ahnen

Urdig und Hanna schwebten durch den Trubel der Keitumer Gassen. An vielen Ecken stoppten sie kurz, um ein Schwätzchen mit Urdigs Freunden zu halten.

Schließlich glitten sie mit den Wheelern in Richtung St. Severin. In dem Kirchlein war Hanna 1996 getauft worden. Der mittelalterliche Glockenturm aus roten Backsteinen ragte wie ein Wahrzeichen in den Himmel. Hanna und Urdig verweilten hier einen Moment. Die einzige Veränderung, die Hanna hier wahrnahm, war ein Hügel, der unweit der Kirche in der offenen Landschaft lag. Von St. Severin hatten die Insulaner einen kleinen Weg aus Findlingen gepflastert, der in einem geschwungenen Bogen zu dem Grabhügel aus der Wikingerzeit führte.

Rund um die Wölbung hatten Goldschmiede des Ortes einzelne Steine mit glänzenden Ringen eingefasst und manchen Findling durch einen schillernden Halbedelstein ersetzt. So strahlte der Platz etwas ganz Besonderes aus.

»Dieser Grabhügel ist mir in meiner Jugend nie aufgefallen und jetzt zieht er alle Blicke auf sich. Was hat der für eine Bedeutung«, fragte Hanna.

»Nun«, sprach Urdig, »auch dies ist ein Tempel unserer Ahnen und zwar einer der wichtigsten. Viele von uns hatten nach den Schwitzhüttenzeremonien das Bedürfnis, die uralten Heiligtümer der Insel wieder im ursprünglichen Sinn zu nutzen. Sie gelten als Orte des Dankes an die Existenz und der direkten, energetischen Verbindung mit dem Göttlichen. Der Klerus hatte ja bereits im Mittelalter wichtige Kultstätten und Kraftorte der Insulaner mit seinen Kirchen überbaut. Nun war die Zeit gekommen, diesen Orten wieder die Würdigung zuteil werden zu lassen, die sie verdienten.

Mit dem Weg zwischen der Eingangstür von St. Severin, die auf einem alten Kultplatz der friesischen Göttin Freya erbaut wurde und dem Winjshoog, der ihrem Gatten Wotan gewidmet war, haben wir ein deutliches Zeichen gesetzt: alle Verbindungen zum Göttlichen auf dieser Insel sollen willkommen sein und genutzt werden dürfen, ob mit oder ohne Pfarrer.«

»Aber ist das nicht ein Rückschritt in primitiven Aberglaube?«, fragte Hanna skeptisch.

»Hanna«, sagte Urdig im Umdrehen, »hatte deine Erfahrung in der Schwitzhütte bei Lame Deer irgendetwas mit Glaube zu tun? Hast du da in der Hitze gesessen und *geglaubt*, dass Manitu, der heilige Geist, oder so etwas auf dich hinunterschwebt?«

»Nein«, erwiderte Hanna.

»Das war überhaupt keine Glaubensfrage. Das war ein pures, echtes Erleben göttlicher Reinigung, Demut, Hingabe. Zum Schluss hatte ich das Gefühl der Einheit mit allen Naturkräften.«

»Siehst du, Hanna, bei der Wiederbelebung unserer Kraftorte geht es uns nicht um Glauben, sondern um eigene, unmittelbare Erfahrung der göttlichen Kraft, die alles umgibt und durchwirkt. Das hat mit Primitivität rein gar nichts zu tun. Im Gegenteil, es ist eher naiv zu glauben, dass ein menschlicher Mittler notwendig ist, um in Kontakt mit der Energie des schöpferischen Universums zu kommen, die viele Gott nennen.

Wen Fragen des Glaubens auf unserer Insel beschäftigen, der kann gern weiter die Inselkirchen besuchen, wer aber mehr wissen möchte, mag sich im Campus Sylt in die Fakultät *Yoga, Philosophie und Psychologie der Buddhas* einschreiben. Du bist herzlich eingeladen. Meine Seminare beginnen kommende Woche.«

Mit den letzten Worten gab Urdig Gas und beide Wheeler schwebten nach Norden am Watt entlang in Richtung Munkmarsch.

Der Hafen Munkmarsch war nach Hannas Erinnerung, im Vergleich zu früher, stark belebt. Am Kai lagen einige Tjalken. Alte holländische Lastensegler und mehrere große Katamarane dümpelten hier auf Reede. Allesamt Schiffe, die optimal auf die Gezeitenabhängigkeit im Wattenmeer eingestellt waren. Sie hatten keinen Kiel und ließen sich gegebenenfalls trockenfallen. Für den H_2-Gleiter, der zwischen Hamburg und Hörnum verkehrte, wäre eine Wattenmeerfahrt bei Ebbe wegen des Tiefganges nicht möglich gewesen.

»Der Munkmarscher Hafen ist, wie im vorletzten Jahrhundert wieder zu einem wichtigen Bindeglied unserer Festlandsverbindungen geworden, seitdem der Hindenburgdamm nicht mehr existiert. Es gibt sogar eine feste Windkraft-Linie für Fracht und Passagiere hinüber zum dänischen Hoyer. Das Boot läuft einmal am Tag aus. Zusätzlich pendelt nach wie vor eine Fähre zwischen List und Römö.

Beide Schiffe segeln unter Windkraftmasten des Typs *Ecoliner*. Dabei kann die gesamte Segelfläche in wenigen Sekunden auf Knopfdruck nach dem Rollo-Prinzip in zwei Masten versenkt oder wieder ausgefahren werden. Die hochgesetzten Segel nehmen keinen Platz weg und behindern nicht den Ladebetrieb. In Verbindung mit der einfachen Bedienung sind

Segelfrachtschiffe daher nicht nur umweltfreundlich, sondern auch effektiv und wirtschaftlich. Zum Vorteil früherer Jahrhunderte haben alle Segler zusätzlich per Wasserstoff angetriebene Strahltriebwerke, die bei ungünstigen Wetterbedingungen eingesetzt werden, um Fahrt zu machen«, führte Urdig aus.

»Damit wird der gesamte Verkehr auf und zur Insel CO_2 neutral und abgasfrei abgewickelt.«

Hanna schaute skeptisch.

»Du denkst, wir sind zu abgeschotteten Hinterwäldlern geworden, die nichts von der Welt kennen?«, raunte Urdig.

»Aber da irrst du. Diese modernen Segler können herkömmliche Frachtschiffe locker abhängen, was Geschwindigkeit, Spritverbrauch und Gesamtkosten angeht.

Und was Weltoffenheit angeht? Die werden wir Sylter sowieso nie verlieren. Kosmopoliten waren wir ja schon unter den Kapitänen des Mittelalters. Im Lister Hafen haben wir übrigens einen zweiten Luftschiff Poort für Flüge nach Ost- und Nordeuropa. Von dort aus kannst du mit einer Solar-Zigarre in ein paar Stunden in Kopenhagen, Oslo oder Riga sein.«

Hier in Munkmarsch herrschte buntes Treiben am Kai. Das Fährhaus erfüllte wieder seine ursprüngliche Bedeutung und hatte sich von einem Nobelhotel für wenige Reiche zu einem Hafentreffpunkt von ganz Vielen entwickelt. Vor dem schönen Gebäude aus dem 19. Jahrhundert standen etliche Pferdefuhrwerke, um

Fracht von den Lastenseglern entgegenzunehmen, die Stückgut und Baumaterialien anlandeten. Das war zwar der langsamere Weg, aber deutlich günstiger als der Cargo-Lifter oder die Schnellfähre von Hamburg nach Hörnum. Cargo Lifter waren nicht ganz billige Zeppeline, die bis zu 500 Tonnen Material auf umweltfreundliche Weise, punktgenau auf einer beliebigen Baustelle der Insel anlanden konnten.

Außerdem gab es Materialien, die die Magnetschwebebahn ab Hörnum nicht transportierte. Weil sich die Strecke zum südlichsten Ort der Insel für Pferdegespanne viel zu lang hinzog, war die Wiederbelebung des Munkmarscher Hafens für Sylts Entwicklung ein wichtiger Schritt.

ZAS & NOSCH

Von Munkmarsch schwebten Hanna und Urdig weiter über die Braderuper Heide und die Felder der *ZAS* in Richtung Wenningstedt. Die *Zentrale Anbaufläche Sylt* erstreckte sich über das ehemalige Flughafengelände und den damaligen Golfplatz der Insel. Die Startbahnen und Greens waren Permakulturflächen gewichen, auf denen die Inselgemeinschaft alles nachhaltig anbaute, was für ein gesundes, überwiegend vegetarisches Leben, notwendig war und nicht von den Meeresalgenfarmen abgedeckt wurde.

»Die feststofflichen Abgase unserer Pferdefuhrwerke landen auch hier«, grinste Urdig.

Für mediterranes Obst und Gemüse waren, je nach Jahreszeit Gewächshäuser angelegt worden, die über ein ausgeklügeltes System, sowohl Erdwärme als auch Sonnenenergie nutzten. Die zentrale Anbaufläche war gleichzeitig das Endlager für sämtlichen Biomüll der Insel, der zu hochwertigem Humus aufgearbeitet wurde. Organische Abfälle, die Pferdeäpfel der zahlreichen Kutschen und Frachtgespanne, und effektive Mikroorganismen: dies war das Gemisch, aus dem die Sylter Bauern einen Turbo-Biodünger herstellten, mit dem sie ganzjährig beste Ernten einfuhren. Jeglicher Einsatz von Plastik zum kurz- und mittelfristigen Gebrauch war auf der Insel nicht gestattet.

Die Papiernutzung war aufgrund digitaler Geräte gegen Null geschrumpft.

Daher machte Biomüll inzwischen 95 Prozent des insularen Recyclingaufkommens aus. Die restlichen fünf Prozent entfielen auf wiederverwertbares Material oder Stoffe, die die Baubranche zu Dämm- und Füllzwecken verarbeitete. Hier, am Rande der landwirtschaftlichen Parzellen, befanden sich auch die Einrichtungen zur Wasserversorgung und Abwasserklärung. Natürlich bereiteten effektive Mikroorganismen auch sämtliche insularen Abwässer auf. Deshalb war es möglich, das Brauchwasser zur Bewässerung und Düngung einzusetzen ohne die Süßwasserlinse zu gefährden.

Inzwischen hatten Ingenieure die Fördertechnik der ehemaligen Sylt Quelle aus Rantum hierher verlegt. Die Sylt Quelle pumpte eiszeitliches Mineralwasser aus einer Tiefe von 650 Metern und zapfte ein Wasserreservoir an, das als nahezu unerschöpflich galt. Es erstreckte sich, von dicken Erdschichten vor jeglichen Schadstoffen geschützt, bis zum norwegischen Festlandssockel. Für Sylt war es eine Selbstverständlichkeit, dieses mineralisch hochwertige und energetisch hochschwingende Wasser allen Insulanern über die normalen Wasserleitungen zusatzfrei zur Verfügung zu stellen. Die Fitness und Gesundheit der Sylter war ja schließlich das höchste Gut der Gemeinschaft. Eine Nutzung des Mineralwassers zur Gartenbewässerung und für den Betrieb sanitärer Anlagen, war nicht erlaubt. Das war auch gar nicht nötig, denn dafür stand genug Flüssigkeit aus dem Recycling von Brauchwasser zur Verfügung. Weiteres Trinkwasser förderten die Insulaner wie seit Jahrhunderten aus der insularen Süßwasserblase, die in wenigen Metern Tiefe anstand.

Ebenso wie mit dem Quellwasser, wurde mit der Sylter Thermalsole verfahren. Die heilsame Salzsole, war ein Produkt der Insel und sollte dementsprechend auch vorrangig ihren Bewohnern zu Gute kommen. Daher wurde sie allen Haushalten und Praxen gratis zur Verfügung gestellt. Überschüsse der Sylter Heilcreme exportierten die *ZAS*-Bauern ans Festland.

»Mir knurrt ganz schön der Magen, Hanna, komm wir nehmen einen kleinen Imbiss bei Nosch«, sagte Urdig.

Nosch gehörte zu den beliebten Sylter Restaurants und war an gleich fünf Standorten der Insel vertreten. Hier an der *ZAS* betrieben sie ein Bistro, in dem das Gemüse direkt vom Feld auf den Teller kam. Das kleine Restaurant war als Hommage an die befreundeten *RIF*-Karibikinseln, im Stil einer kubanischen Hazienda gestaltet. Die Sylter Botschafter überzeugten damals die neue Regierung in Havanna, noch rechtzeitig vor deren großen Entwicklungsboom, von der *RIF*-Philosophie.

Über den Eingang des Restaurants war das auffällige Firmenlogo genagelt: eine knallrote Rübe zwischen zwei, wie Säbel gekreuzten Feldhacken.

Nasch bei Nosch lautete der Slogan der Bio-Kette. Sie war bekannt für ihre internationale vegetarische Küche und brachte dies auch über ein besonderes Ambiente zum Ausdruck. So stand der Firmengründer Jönne Nosch oft selbst hinter dem Tresen des Hauptrestaurants

Die Sylter waren schon immer ein weltoffenes Reisevolk gewesen. Seit sich die *RIF*-Bewegung der Surfer auf viele andere Inseln der Erde ausgebreitet hatte, gab es noch mehr Kontakte und Austausch zu Freunden in aller Welt. Diese brachten die leckersten exotischen Gerichte und Gewürze auf die Insel. Es gab niemanden auf Sylt, der einer Bockwurst mit Pommes oder einem Jägerschnitzel nachtrauerte. Eines der wenigen Ursylter Gerichte, die Einheimische im Winter immer noch gern verzehrten, war Grünkohl – allerdings ohne Kochwurst.

Hanna konnte sich, angesichts der Vielfalt exotisch klingender Angebote, gar nicht entscheiden und wählte schließlich *Planet-Platter*. Das war ein Tellergericht, mit dem Nosch kleine Kostproben von Speisen aus aller Welt servierte.

Hanna staunte und genoss den Gaumenkitzel. Sie schaute beim Essen durch das Fenster der Hazienda in das grüne Labyrinth von Anbauflächen, Hochbeeten und Glashäusern. Das weitläufige Flugplatzareal, auf dem in ihrer Kindheit, mehrmals täglich Maschinen großer Fluggesellschaften aus den Metropolen Deutschlands gelandet waren, hatte sich in eine der weltweit effektivsten Produktionsflächen für Bio-Nahrungsmittel verwandelt. Die besten Öko-Technologien aus den Bereichen Recycling und Kreislauftechnik, Energieerzeugung und -einsparung, Bewässerungstechnik und effektiver Mikroorganismen kamen hier zum Einsatz. Die Bauern kombinierten die neuen Technologien mit altem Wissen über Natur- und astronomische Kreisläufe wie Mondphasen und den Einsatz von Orgon-Energetik. So gelang es, eine autarke Nahrungsmittel-und Trinkwasserversorgung für die gesamte Insel bereitzustellen.

Nach dem schmackhaften Imbiss stiegen die beiden wieder auf ihre Wheeler.

»*RIF*!«, sagte Urdig, hob die Hand zum *Hang-Loose* Zeichen und kurvte mit Hanna zwischen den langen Gewächshäusern per Wheeler weiter nach Westen.

LECKERE VORSPEISEN

- ZAS-Tomatencremesuppe
- Pastinaken-Birnensuppe »Feldenkreis«
- Rote Beete Suppe mit Wasabi
- Karotten-Orangensuppe »Taghazout«
- Keitumer Maronensuppe

REICHE HAUPTGERICHTE

- Rote-Beete Spaghetti in Kürbis-Ingwer-Sauce mit gerösteten Körnern & Chiasaat
- Gefüllte Backkartoffel an Pilz-Paprika Ragout
- Schwarze Belugalinsen mit Pfannengemüse
- Cocos-Karotten-Fenchel-Curry an Rote Beete Amaranth
- Kichererbsen-Karotten-Kokos-Curry mit Jeera-Reis
- Blattspinat an Hirse-Tofubratlingen
- Mangold-Kartoffel Auflauf mit Ziegenkäse
- Gabackene Pastinaken auf Fenchel-LauchCurry mit Erbsen-Reis & Couscous
- Planet Platter vegane Variationen aus aller Welt

GESUNDE SALATE

- Ruccola-Feldsalat mit bunten Tomaten
- Lauch-Pilzsalat in Oliven-Orangendressing
- Rote Beete Apfelsalat mit Meerrettichsahne
- Karottensalat mit frischem Koriander und gerösteten Pinienkernen
- Blattsalat mit Sylter Queller in Himbeerdressing
- Lister Algensalat
- Birnen-Avocadosalat mit Olivenöl, Parmesan und Walnüssen

KÖSTLICHE DESSERTS

- Reis-Milch-Polenta-Griess mit Cassis-Chia Johannisbeerenmus
- Mango-Quark Sahne Creme
- Sylter Rote Grütze mit Mandel-Sahne
- Schokopudding auf Erdbeerspiegel
- Vegane Eis-Variationen
- Morsumer Bratapfel

Unsere Speisen und Getränke werden ausnahmslos aus BIO-Produkten hergestellt, die überwiegend auf der Insel geerntet werden.

GETRÄNKE

- Alk-Freie Bio-Biere
- Bio-Weine
- Sylt-Quelle

SMOOTHIES

- Urdigs-Flüssig-Frühstück
  Haferflocken, Erdbeeren, Banane,
  Guaranapulver, Honig & Jogurt
- Guten Morgen Welle
  Mango, Erdbeere, Karotten & Orangensaft
- Abessinia Colada
  Ananas, Banane, Honig & Kokosmilch

GREEN & RED SMOOTHIES

- Brandungs Power
  Spinat, Apfel, Mango, Weizengraspulver,
  Bio-Spirulina, Honig & Joghurt
- Rantum Inges Green Energy
  Queller-Mangold-Giersch-Zitrone-
  Kokosmilch-Avocado-Matcha
- Watten Rot Sunrise
  Sylter Moosbeere, Rote-Beete, Orange,
  Banane, Limettensaft und Ingwer

Teffpunkt der Priester

Beim Wenningstedter Dorfteich dockten die Wheeler automatisch an die dort bereitgestellten Ladestationen.

Auch hier bot sich Hanna ein völlig neues Bild. Die Sylter hatten das Gewässer erheblich vergrößert. Es war jetzt stark eingewachsen. Besucher mussten sich durch ein Wäldchen schlängeln, um ans Ufer des Sees zu gelangen. Im Schutz der Büsche und Bäume lag ein stiller See auf dem Enten und Schwäne ihre Runden zogen. Am Rand waren fünf Tempel gebaut worden. Einer für jede Weltreligion.

Am auffälligsten war die hinduistische Pagode am gegenüberliegenden Ufer, mit den knallbunten Farben und Darstellungen aus der Gita, dem heiligen Buch der Hindus. Gegenüber zog eine Stupa tibetischer Buddhisten die Blicke auf sich. Die zahlreich aufgespannten Gebetsfahnen leuchteten weit vor dem Hintergrund des Wäldchens. An der Basis der goldenen Stupa, die mit einer ausgezogenen Spitze den Forst überragte, lud eine Reihe von Gebetsmühlen zum Rezitieren und Senden heiliger Mantren ein.

Am rechten Seeufer stand eine Miniaturausgabe der Hagia Sofia Moschee aus Istanbul und ihr gegenüber an der linken Seeseite eine jüdische Synagoge.

Der See war derart vergrößert worden, dass sich die alte Wenningstedter Dorfkirche nun unmittelbar am Ufer befand und die Präsenz der Weltreligionen mit der christlichen Tempelvariante vervollständigte. Von jedem Eingang der religiösen Gebäude führte ein elegant geschwungener Holzsteg zu einer großen, runden Plattform in der Mitte des Sees. Über diesen Treffpunkt, der architektonisch so gebaut war, dass er über dem Wasser schwebte, waren alle Religionsrichtungen miteinander verbunden. Ein Sonnensegel überspannte den Bereich in der Form einer weißen Taube.

Urdig schritt mit Hanna auf das zentrale Plateau. Sie blickten über den See. Nach einem Moment des Schweigens sagte Urdig:

»Wir haben immer noch viele Mitbürger, die eine Mittlerfunktion zum Göttlichen wünschen. Dies erfordert ihre religiöse Konditionierung. Hiervon konnten sie sich bislang noch nicht lösen. Sie wollen die Geborgenheit einer Kirche, die Sicherheit eines organisierten Gottesdienstes und die Autorität eines Priesters.

Die Offenheit und Bereitschaft, andere Religionen als gleichwertige Organisationen ohne Konkurrenzgehabe oder gar militante Bedrohung wahrzunehmen, ist auf Sylt stark gewachsen. Diese tolerante Geisteshaltung soll hier am See optisch, architektonisch und lebensnah bei den zahlreichen Zeremonien unter der Woche zum Ausdruck kommen. Es finden immer wieder Rituale auf dieser Plattform statt, die von allen fünf Priestern gemeinsam durchgeführt werden. Manche Sylter lassen hier ihre Neugeborenen von allen Kirchen gemeinsam segnen. Zu anderen Zeiten

134

wird die Plattform für öffentliche Yoga-, Qi- Gong und Tai Chi-Sessions[30] genutzt.

Der runde Weg um den See, der an allen Tempeln entlang führt, ist als Zen-Walk[31] angelegt. Die entsprechende Atmosphäre schaffen wir durch wohl überlegtes Gärtnern im Zen-Stil, ein gezieltes Setzen von Statuen und Symbolen. Hier bewegen sich oft Meditierende in sehr langsamer, bewusster Manier, mit einem entspannten Lächeln auf den Lippen. Manchmal gehen sie stundenlang im Kreis.«

Dieser Zirkel öffnete sich neben der Dorfkirche in eine gläserne Unterführung. Urdig und Hanna folgten diesem Weg, der leicht abschüssig ins Unterirdische führte. Nach wenigen Schritten betraten sie eine tiefergelegte runde Natursteinhalle. Sie erhielt ihr diffuses Tageslicht durch Linsen in der Decke, die nach einem symmetrischen Muster eingelassen waren. Die Halle hatte gut hundert Meter Durchmesser. Ihr Zentrum wurde von einem Megalithgrab[32] gebildet, das hier bereits seit mehr als fünftausend Jahren stand: der Denghoog. Die mächtigen Granitsteine bildeten aus dieser Perspektive den Ausstieg nach oben. Besucher konnten über Wendeltreppchen himmelwärts aus dem Kriechgang des Hünengrabes wieder nach draußen an die Oberfläche gelangen.

30 Fernöstliche Bewegungsmeditationen
31 jap.: Zen= Meditation, Sonderweg des Buddhismus
32 Großsteingrab

135

Zur Wintersonnenwende um 12 Uhr mittags fiel am oberen Spiegelstein die Sonne ein und wurde von dort zerstreut reflektiert. Das tauchte die ganze Halle in ein magisches Licht.

»Dies ist unser Insel-Thing«, sagte Urdig mit unüberhörbarem Stolz in der Stimme.

»Wir haben mehrere Jahre an der Umsetzung gearbeitet. Hier kommen wir Insulaner zu wichtigen Entscheidungen und Festen zusammen. Die Halle fasst an die fünftausend Besucher.«

Hanna schaute mit weit geöffneten Augen umher. Der Boden des riesigen Doms war mit feinem, weißen Kaolinsand bedeckt und durfte nur barfuß oder in NeoFrott-Füßlingen betreten werden. Der helle, Millionen Jahre alte Sand vom Morsum Kliff verstärkte die Wirkung des Tageslichtes, das aus den Deckenlinsen strahlte um ein Vielfaches. Die Lichtverhältnisse in der Höhle erinnerten Hanna an die magischen Momente lauer Mittsommernächte, wenn die Sylter Sonne erst gegen Mitternacht unterging und diesen fahlen, angenehm sanften, goldenen Schein warf.

Die Baumeister hatten funkelnde Granitsteine mit viel Glimmer in die Wände eingearbeitet. Sie waren durchzogen mit Bergkristallen, Amethysten und Rapakiwi. Es waren besondere Fundstücke aus dem eiszeitlichen Geschiebe, das die Substanz der Insel bildet. Künstlerische Symbole und Mandalas aus Mies- und Nussmuschelperlmutt dekorierten spezielle Nischen der Höhle. Den Eingang flankierten Werkzeuge frühsteinzeitlicher Nomaden. Deren Siedlungsspuren, die 14 000 Jahre zurückreichten, hatten Sylter auf dem Morsum Kliff gefunden. Jeder, der hier zum Thing eintrat, sollte damit an die tiefreichenden Wurzeln der Inselgeschichte erinnert werden.

Akustisch war die Halle beeindruckend konstruiert. Ganz gleich in welcher Lautstärke gesprochen wurde, konnten sich alle an jedem Punkt gleich gut hören. Außengeräusche drangen fast gar nicht hinein.

»Unser erstes, ganz entscheidendes Thing nach der Revolte, fand noch in der Tinnum Burg statt«, sagte Urdig. »Da gab es diesen Ort noch nicht. Was dort besprochen wurde, erzähle ich dir später. Ich glaube, für heute war das erst mal genug an Eindrücken und Erinnerungen. Komm doch morgen zu einem Mittagsspaziergang ans Rote Kliff nach Kampen. Nimm am besten die Bahn, dann brauchen wir nicht zum Wheeler Ladeplatz zurückzulaufen.«

Mit diesen Worten trennten sich Urdig und Hanna. Sie blieb noch eine halbe Stunde im Denghoog-Dom stehen und ließ die spirituell geladene Atmosphäre auf sich wirken.

Es war spät geworden. Hanna schaltete den Scheinwerfer am Wheeler ein und programmierte den Navigator auf Klara-Enss-Straße 21. Dann rauschte sie los. Sie war in Gedanken vertieft. Alles war so vertraut und doch so anders. Es war enorm, was unter dem Motto *Rückschritt ist Fortschritt* für Verbesserungen der Lebensqualität auf der Insel gelungen waren.

Hanna konnte es kaum glauben, dass es zu einem so tiefen Paradigmenwechsel hatte kommen können.

Ein Loslassen von Autoverkehr, Massenware und Fleischkonsum und sogar der Internetnutzung wäre in ihrer Jugend undenkbar gewesen. Es gab in allen Köpfen Vorbehalte, etwas zu verändern – stets mit dem Argument, so etwas könne dem Tourismus, der wirtschaftlichen Grundlage aller Insulaner, der Insel insgesamt schaden. Im Endeffekt hatte aber die Weigerung gegen mehr insulare Lebensqualität letztendlich das Aus herbeigeführt.

In ihren Recherchen hatte Hanna gelesen, dass Sylt bereits zur Amtszeit von Uschi Urban fremdenverkehrstechnisch kurz vor dem Bankrott stand. Dafür gab es viele Gründe: ein überbordender Autoverkehr, der Jahr um Jahr anstieg. Kilometerlange Staus, Luftverpestung und Naturversiegelung auf der Insel. Dazu die verödenden Orte, jenseits von authentischer Lebendigkeit und natürlichem Dorf-Ambiente.

Durch die gesamte Preis- und Angebotsgestaltung auf der Insel kam es zu einer ausschließlichen Selektierung älterer, wohlhabender Gäste. Neben der Vergreisung setzte eine schleichende Verstädterung und Monotonie in allen Lebensbereichen ein. Dieses galt sowohl für die Bebauungsdichte als auch für die Architektur und das Angebot von Geschäften und Restaurants. Großketten blieben übrig, die die astronomisch hohen Pachten aufbringen konnten und ein Standart-Sortiment boten, wie es in jeder beliebigen

Klein- und Großstadt zwischen Teneriffa, Mallorca und Düsseldorf zu finden war. Auf dem Höhepunkt dieser Entwicklung, ab 2017, also wenige Jahre vor der Wende, kippte der bis dahin anhaltende Strom von Urlaubern auf einmal. Ein Gemisch aus abträglichen Presseberichten und einer unübersehbaren Diskrepanz zwischen Außenwerbung und tatsächlichem Urlaubserlebnis waren die wesentlichen Ursachen. Der unfreundliche Abzocker-Service übellaunig gestresster Dienstleister bildete den Grundton. Zwei aufeinanderfolgender Regensommer läuteten den Total-Absturz der Fremdenverkehrsstatistik ein.

Sylt, einst die *Königin der friesischen Inseln*, war zu einer Edelnutte geworden, die ihren Körper teuer verkaufte, an der aber nur wenige Zuhälter verdienten. Ohne es recht zu bemerken, hatten die Insulaner ihre Seele längst an den Fetisch des schnellen Profits verhökert. Die Hoteliers, Vermieter und Gastronomen, Makler und Boutiquebesitzer waren psychisch und physisch am Ende, weil sie sich selbst zu gefälligen Dienstleistern und Ordnern eines immer hungrigeren und fordernden Massentourismus hatten degradieren lassen.

Als der große Boom komplett kollabierte, waren es die auswärtigen Heuschrecken-Investoren, die das sinkende Schiff als erste verließen. Die Phase der europaweiten Deflation hatte begonnen: Stark ansteigende Bankzinsen und Aktienkurse verursachten einen Massenverkauf von *Betongold*. Alle, die bei günstigen

Bauzinsen hier während der Bankenkrise Häuser als Spardosen auf Pump gebaut hatten, mussten nun plötzlich verkaufen. Diese Situation führte zu einer plötzlichen, hohen Arbeitslosigkeit und zu einer weiteren Verschlechterung der touristischen Angebote.

Der Teufelskreis nach unten hatte bereits 2014 schleichend eingesetzt, als Hanna noch bei der Sylter Rundschau jobbte und kurz bevor Uschi Urban bei der zweiten Wahl der Bürgermeisterposten in den Schoß fiel.

Was für eine Ironie, dachte Hanna. Die Sylter hatten doch immer Angst vor dem Blanken Hans[33] gehabt. Und vor einer Ölpest, die Strand und Badewasser, das Grundkapital der Insel, hätte zerstören können. Davon schien nun keine Rede mehr zu sein.

Hanna nahm sich vor, Urdig nach diesen Themen ausführlicher zu befragen.

---

33 gebräuchliche Metapher für Sturmflut

Die Transformation

Westerland, 4. Mai 2050

Als sie am Morgen den hellen Frühstücksraum der Krügers betrat, dampfte schon der Tee auf dem Stövchen und Hanna setzte sich mit Appetit an den bunt gedeckten Tisch: Hagebuttenmarmelade, Krähenbeerenkonfitüre, handgeschobene Nordseekrabben aus dem Priel vor der Haustür, ein Öko-Ei von Bauer Hansen aus Morsum, ein Gemüsepotpourri aus dem ökologischen Anbau der ZAS und die leckeren Sylter Solebrötchen von Bäckerei Michel. Dazu ein Green Smoothie mit Sylter Algen und Kräutern aus Krügers eigenem Garten.

Frau Krüger setzte sich zu ihr. Sie wollte erfahren, was denn die Dame aus Amerika von Sylt hielt, die im NeoFrott sympathischer aussah als in den Stadtklamotten bei der Ankunft. Aufmerksam hörte sie den begeisterten Schilderungen von Hanna zu und sagte dann:

»Ich dachte immer, die Amis wären viel weiter als wir. Das ist ja erstaunlich, dass ihr so begeistert von unserem fortschrittlichen Rückschritt seid. Wir haben auch lange für ein Umdenken gebraucht. Das hat sich aber gelohnt. Es ist viel ruhiger und schöner geworden und dabei haben wir alles, was wir uns wünschen:

gutes Essen, saubere Luft, den Strand und das Meer. Mehr geht nicht!« Und mit den Worten

»Noch 'n Tee, Frau Lundt?« zog sie wieder in die Küche.

Als sie den zweiten Tee brachte fragte Hanna:

»Was hat sich denn für Sie als Vermieterin geändert?«

»Früher war das hier schlimmer als ein Bienenstock. Alle drei Tage hatte ich Wechsel und nie Zeit für kleine Schnacks, weil die Gäste während ihres Kurzaufenthaltes natürlich einen eng getakteten Urlaubsplan hatten, genau so wie Sie jetzt«, lächelte Frau Krüger.

»Heute werden Inselvisa nur in Ausnahmefällen an Gäste vergeben, die unter drei Wochen bleiben möchten. Diejenigen, die länger kommen, sind echte Inselfans. Sie nehmen nicht nur, sondern bringen auch Vieles mit: gute Ideen, Aufmerksamkeit gegenüber Mensch und Natur, Freundlichkeit und meist auch große Dankbarkeit dafür, Urlaub an einem so außergewöhnlich schönen Ort machen zu dürfen.«

»Aber wer kann sich denn zeitlich und finanziell Sylt für drei Wochen oder länger leisten?«, hakte Hanna nach.

»Das können sich alle leisten, die früher mehrmals im Jahr Städtereisen unternahmen oder heute hohe Preise für internationale Flugreisen ausgeben müssten. Billigflieger gibt es ja seit den Subventionsstreichungen für Flugbenzin und den Wirtschaftsboykotten gegenüber russischen und islamischen Ölstaaten schon seit den zwanziger Jahren nicht mehr, sodass Urlaubsflüge mittlerweile den Kunden soviel kosten, wie sie tatsächlich wert sind.«

Hanna wusste, wovon Frau Krüger sprach. Sie sah im Geiste, wie Jerry, ihr Chefredakteur, zusammenzuckte als sie ihm den Preis für das Ticket nach Deutschland unter die Nase gehalten hatte.

»Zeitlich gesehen hat es sich längst bei Arbeitgebern herumgesprochen, dass Urlaub nach dem Motto *drei Wochen plus* die Mitarbeiterinnen wesentlich fitter durch das Arbeitsjahr bringt als diese Kurztrips. Deswegen bewilligen sie von sich aus mehr Freizeit und fördern solche Langzeitferien auch finanziell mit Beträgen, die früher wegen Krankmeldungen ständig in Ersatzmaßnahmen gesteckt werden mussten. Eine aufgeschlossene Firma freut sich heute über das Ergebnis: deutlich geringerer Mitarbeiterschwund, weil psychosomatische Krankheiten wie Burnout, Infekte und Bandscheibenvorfälle viel seltener auftreten. Vieles, was nachweislich der Gesundheitsvorsorge dient, wird staatlich oder von den Gesundheitskassen gefördert. Ein Langzeiturlaub auf Sylt gehört dazu, weil er entschleunigt, entschlackt, entgiftet die Abwehrkräfte stärkt und Balsam für die Seele ist. Dafür ist die Insel seit 2022 sogar zertifiziert und mehrfach ausgezeichnet worden.

Der Tourismusservice und das Außenmarketing wurden nach der Wende ganz auf *sanften Natur- und Gesundheitsurlaub mit ethisch vertretbarem Genuss* umgestellt und so wandelte sich auch das Publikum auf dieser Insel. Bei unseren Gästen steht körperlich-geistiges Wohlbefinden an erster Stelle. Sie sind es sich Wert, Geld für die eigene Gesundheit und Fitness auszugeben. Früher lagen die Schwerpunkte ja viel mehr auf Party, Prunk, Promis und Pommes. Die Zeiten sind seit dem Bewusstseinswandel lange vorbei.«

»Ja gibt's denn gar keinen Spaß mehr auf Sylt?«, bohrte Hanna schnippisch nach.

»Seit wann hat sinnloses Besaufen, krankhaftes Turboshoppen und lemmingartiger Massenauftrieb etwas mit echter Freude zu tun?«, lachte Frau Krüger.

»Wir haben den wundervollen Ocean Dance Club, wo sich Urlauber und Einheimische zum rauchfreien Barfußtanzen treffen. Wir haben kuschelige Cafés und Teehäuser mit hypergepolsterten Relaxecken, von denen die Gäste spanischer Plastikhocker-Kneipen nur träumen können. Wir haben ausgelassene, authentische Dorffeste mit toller Livemusik, Kabarett, Kunstausstellungen, Zirkus und, und, und. Außerdem verbietet hier ja keiner Alkohol, Zigaretten, Fleisch und all das ungesunde Zeug. Aber: Produkte, die nicht *Bio* oder offenkundig gesundheitsschädlich oder aus Umweltschutzgründen, beziehungsweise ethisch nicht vertretbar sind, werden mit sehr hohen

Inselsteuern belegt. Diese Abgaben fließen direkt als Subventionen in die insularen Bioprodukte und verbilligen so die hochwertigen Lebensmittel. Ungesund leben ist hier also richtig teuer. Die Gäste begrüßen das, denn sie wollen ja etwas für ihre Gesundheit tun. Viele sagen, dass die hohen Kosten das einzige Mittel sind, mit dem sie es schaffen, ihren *inneren Schweinehund* zu überlisten, wenn der mal wieder zu Naschkram, Wein und Tabak greifen will. Ich hatte schon etliche Gäste, die auf Sylt in drei Wochen ihr Suchtverhalten endgültig abgelegt haben.«

»Genial«, dachte Hanna. Wenn ich das in Amerika schreibe, fällt den Lesern vor Staunen reihenweise der fette Burger und die Cola Light aus dem Gesicht.

»Ist das auch der Grund, weshalb es hier kein Internet gibt?«, fragte Hanna.

»In gewisser Hinsicht schon«, lachte Frau Krüger.

»So wie unsere Generation ja schon von Zigaretten, Alkohol und Fast Food abhängig geworden war, kam bei den Kids des neuen Jahrtausends noch die Sucht nach Kommunikationsmitteln hinzu. Das kennen Sie ja aus den USA bestimmt besser als ich, wie die Smartphones unsere Gesellschaft hypnotisierten. Vor allem die Jüngeren waren betroffen. Ab der Kindergartenzeit und nicht selten sogar früher, fixierten sie sich auf große und kleine Mattscheiben. Selbst Babys bekamen schon *Tablets* zur Beruhigung.

Erinnern Sie sich noch an die App, die Smartphone-User beim Spazierengehen vor Kollisionen mit Laternenpfählen warnte?

Auf Sylt kam es zum Sinneswandel, als die Surfshops erste Longboards mit wasserdichten Touchscreens und WLan verkauften. Die Business-Surfer verbrachten plötzlich ihre Wartezeit auf die nächste Welle im Chatroom, oder mit der Abwicklung von Bestellungen. Der Ausdruck *Internet surfen* bekam auf Sylt erst seine buchstäbliche Bedeutung.

Auf einem der ersten Things wurde dann beschlossen, dass wir zum Wohle der eigenen Lebensqualität und zum Schutz der freien Entwicklung unserer Kinder, den privaten Internetzugang abschaffen. Das heißt aber nicht, dass wir deswegen hinter dem Mond leben. Alle Verwaltungen und Geschäfte, die auf diese Kommunikation nachweislich, unverzichtbar angewiesen sind, haben einen Kabel-Hochgeschwindigkeitszugang. Alle privaten Nutzer können den *Zentralen Internet Hub* am Bahnhof (*ZIB*) nutzen. Dort stehen rund hundert kostenlose Holofon-Zellen mit Internet-Terminals zur Verfügung.«

»Ja aber wo ist denn der Vorteil, wenn Leute dann stundenlang am Bahnhof chatten oder holofonieren?«

»Das passiert eigentlich nicht mehr. Es ist aufwendig, erst mal zum *ZIB* zu laufen, also macht man es nur, wenn es wirklich notwendig ist. Besonders gemütlich sind diese Bahnhofsbüros auch nicht. Wir setzten die pädagogische Strategie des *Nudgings* in vielen Bereichen ein, um uns selbst zu disziplinieren. Nudging heißt, dass Verhaltensänderungen in der Masse erzielt werden, indem schlicht das Bequemlichkeitsverhalten des Menschen ausgenutzt wird. Viele benutzen beispielsweise wieder eine Treppe, wenn die elektrische Aufzugtür künstlich verlangsamt wird. So bringt man Menschen ohne dass es ihnen bewusst ist, wieder mehr in gesunde Bewegung.

Sie glauben ja gar nicht, was alles von einem abfällt und unwichtig wird, wenn die Turbo-Kommunikation nachlässt. Wir haben einen richtigen Andrang von Gästen, die extra nachfragen, ob es denn auch wirklich stimmt, dass Sylt offline[34] ist. Gerade Menschen, die viel in Büros arbeiten, wollen heutzutage, wenigstens im Urlaub, befreit von der elektronischen Fessel leben. Normale Telefone gibt es natürlich in jedem Haushalt.

Für die Insel ist es ein Segen, dass die hässlichen Funkmasten, die früher die Landschaft verschandelten und Siedlungen mit Elektrosmog überzogen, der Vergangenheit angehören. Der *ZIB* hingegen, ist unterirdisch und abhörsicher mit dem Netz des Festlandes verkabelt.«

---

34 engl.: vom Internet getrennt

Als Frau Krüger vom Thing gesprochen hatte, war Hannas Blick auf die Küchenuhr gewandert, die im Wintergarten tickte. Es war Zeit, nach Kampen aufzubrechen, um rechtzeitig zum Treffen mit Urdig dort zu sein.

Am ZIB dauerte es keine fünf Minuten und die Glastüren der Magnetschwebebahn schlossen sich, nachdem Hanna Platz genommen hatte. Sie schmiegte sich in den bequemen drehbaren Schalensitz. Hanna wirbelte einmal im Kreis schaute dann aus den Vollglaswänden der Bahn hinaus. Lautlos und ruckelfrei nahm die Syltbahn Fahrt auf und zischte zügig in Richtung Norden. Hanna hängte sich den bereitgestellten Ohrhörer an und lauschte den Informationen:

»Willkommen in der Syltbahn. Wir verlassen soeben Westerland und erreichen in Kürze Wenningstedt. Hier einige Daten und Fakten zur Insel: Sylt ist vierzig Kilometer lang und hat 20.000 Einwohner, die sich auf elf Ortsteile mit unterschiedlichen touristischen Schwerpunkten verteilen.

Rund ums Jahr begrüßen wir bis zu 300.000 Gäste auf unserer schönen Naturinsel. Diese verteilen sich auf rund 4.000 Pensionen mit insgesamt 40.000 Fremdenbetten. Im Jahr ergeben sich bei einer durchschnittlichen Urlaubsdauer von drei Wochen 6,3 Millionen Übernachtungen. Zusätzlich kommen pro Jahr noch 60.000 Kinder in acht Jugendcamps oder Jugendherbergen hinzu.«

Hanna runzelte erstaunt die Stirn. Zu ihrer Zeit kamen pro Jahr rund 900.000 Urlauber, die bei einer durchschnittlichen Verweildauer von sieben Tagen in etwa 60.000 Fremdenbetten 6,5 Millionen Übernachtungen generierten. Den Syltern war es durch die Schaffung neuer Werte und Rahmenbedingungen gelungen, bei einer Reduktion der Gästezahlen um sechzig Prozent die Übernachtungszahlen zu halten und somit die Insel von Besucherdichte und Verkehr drastisch zu entlasten. Und das, ohne nennenswerte Umsatzeinbußen hinnehmen zu müssen.

Inzwischen näherte sich die Bahn Kampen. Rechts sah Hanna den vertrauten, schwarz-weiß geringelten Leuchtturm mit den beiden stattlichen Hünengräbern vorbeiziehen. Bei einem Blick nach links traute sie ihren Augen nicht. Auf einem bunt bemalten Ortsschild stand:

KINDER- & KÜNSTLERKOLONIE KAMPEN.

Hanna musste unwillkürlich lachen. Immerhin war Kampen der teuerste Nobelort Deutschlands und weitgehend kinderfrei gewesen.

Ganze Ortsteile und Straßenzüge mit Villen unter Reet wirkten damals monatelang wie eine ausgestorbene Filmkulisse. Im Hochsommer standen die Autofahrer an der Stelle, wo die Sylt-Bahn jetzt gerade abgasfrei entlang glitt, stundenlang im Porsche-, Jaguar- oder SUV- Stau.

Natürlich schlug die Welle der *Gerontofizierung* auf Sylt zuerst in Kampen ein- und zwar mit voller Wucht. Das Durchschnittsalter von Gästen und Ferienhausbesitzern lag dort 2019 bei dreiundachtzig Jahren. Deren jüngster und prominentester Vertreter war der pensionierte Bundesfinanzminister Wolfgang Schäuble. Gleich ihm bewegten sich die meisten Gäste mit Rollstühlen, Rollatoren und anderen Gehhilfen durch den stets fein herausgeputzten, jedoch grottenlangweiligen Ort. Frische und Lebendigkeit strahlte hier nur die atemberaubend schöne Naturlandschaft aus, die vor allem Dank der Beharrlichkeit zahlreicher Künstler und der wenigen, weise vorausschauenden Insulaner vor rund hundertdreißig Jahren unter Naturschutz gestellt worden war und daher später nicht verkauft werden konnte.

Hanna drückte den Haltewunschknopf und die Bahn bremste sanft ihre Fahrt. Sie stieg bei der Kampener Kunstarena in der Ortsmitte aus. Hier war das Veranstaltungszentrum Kaamphüs durch einen weitläufigen Außenbereich erweitert, der die Form eines Amphitheaters hatte und für Open-air-Veranstaltungen genutzt wurde. Hanna schlenderte den ehemaligen Srönwai, die seinerzeit berüchtigte *Whisky-Straße*, hinunter. Sie war zu gespannt, was aus der prominenten *Schampus-Meile* geworden war. Die Straße hieß nun *Sprotte-Wai* und auf einem kleinen Zusatzschild stand: *Siegward Sprotte, Maler, Kampen 1913 bis 2004.*

Gleich rechts stand ein großes, flaches und fensterloses Gebäude, dessen Fassade mit tausenden von bunten Abdrücken kleiner Kinderhände übersät war. Am Eingang hing ein fantasievoll gestaltetes Schild mit der Überschrift MALORT KAMPEN und ein Infokasten, den Hanna überflog:

Der Malort Kampen bietet wöchentliche Malgruppen für Menschen von 3 bis 99 Jahren[35]:

- *für Kleine ab drei Jahren, die im spontanen Spiel die eigene Spur entwickeln.*
- *für Größere, die im Spielraum des Blattes eine Welt nach Maß inszenieren.*
- *für Große, die einen Ausgleich zu der heute vorherrschenden Leistungsgesellschaft finden.*
- *für Eltern, die gemeinsam mit ihren Kindern einen Raum zur Entfaltung suchen.*

Der Malort Kampen orientiert sich an den Erkenntnissen und Erfahrungen Arno Sterns, dem berühmten Kasseler Pädagogen aus Paris.

Hanna lief durch den von Kindern und Jugendlichen belebten Sprotte-Wai und hätte am liebsten alle paar Meter halt gemacht, um in eine der Kreativwerkstätten hineinzuschauen. Hier wurde alles angebo-

35 Quelle: Malort Kuchl

ten, was geeignet war, die kreative Seite von Kindern und Erwachsenen anzuregen: Mitmach-Workshops zu Malerei, Töpfern, Strandgutkunst, Metall- Stein- und Holzbearbeitung und vieles mehr. Dazwischen hatten sich kleine Cafés, Bistros, Buchhandlungen und Fachgeschäfte angesiedelt, die sich auf Künstlerbedarf spezialisiert hatten. Vom Sprotte-Wai lief sie die Eglau-Gasse hinunter, um dann links über den Emil-Nolde-Boulevard, zur Thomas-Mann-Promenade zu gelangen.

Dort wartete Urdig bereits am Eingang des Hauses *Kliffende.*

Urdig drückte Hanna herzlich und nahm sie mit in das historische Gebäude. Schon die Eingangstür war gestaltet, wie der Buchdeckel von Thomas Manns Originalausgabe der Buddenbrooks. Beim Öffnen der Tür falteten sich großformatige Buchseiten auf, durch die Gäste ins Innere gelangten. Im Foyer deuteten Hinweispfeile in verschiedene Abteilungen wie Sachbücher, Belletristik, Philosophie, Lyrik.

»Ist das hier eine Bibliothek geworden?« fragte Hanna, die sich erinnerte, dass in diesem Haus einst der Nobelpreisträger Thomas Mann und andere berühmte Schriftsteller residiert hatten.

»Nein«, sagte Urdig, »hier entstehen Bücher. Seit wir das Internet deutlich zurückgedrängt haben, lesen die Leute wieder viel mehr analog, also aus richtigen Büchern. Das Gebäude gehört zu einer Stiftung für Autoren, die hier Ruhe und Inspiration finden, um in ihrem Genre zu schaffen. Durch das gemeinsame Wohnen und Arbeiten im Haus am Meer kommt es zu kreativem Gedanken- und Ideenaustausch zwischen den Schriftstellern. Auch zum Cross-over, so dass ganz neue Stilrichtungen entstehen können. Das Genre *Doku-Fantasy*, das seit einigen Jahrzehnten bei den Lesern so beliebt ist, ist hier ebenfalls entstanden. Ich wollte dich einladen, in *Kliffende* mal ein paar Monate zu verbringen, wenn du mehr Zeit mitbringst.«

»Oh, nichts lieber als das«, strahlte Hanna und schritt auf die Dünenterrasse hinaus, wo einige junge Autoren entspannt in der Sonne lagen, herumalberten und Geschichten ausdachten.

VERSINKT SYLT?

»Weißt du Urdig, mich wundert's, dass dieses Haus überhaupt noch existiert. Die Villa gehörte doch einem Schweizer, oder? Gab es hier nicht um die Jahrtausendwende schon heftige Küstenschutzprobleme, weil das Meer sich immer näher an den Fundamentsockel fraß? Dünenabtrag war doch eigentlich eines der Hauptprobleme der Insel, als ich sie verließ. Wie kommt es, das Sylts Form im Großen und Ganzen beim Alten geblieben ist?«

»Der wohl entscheidende Schritt war die Zerstörung des Hindenburgdammes und die Entfernung sämtlicher, starrer Küstenschutzmaßnahmen, wie beispielsweise der Beton-Tetrapodenketten.«

Mit der Öffnung des Damms fiel eine Barriere, die knapp 95 Jahre den freien Gezeitenstrom hinter der Insel blockiert hatte. Die Sperre hatte zu Veränderungen der natürlichen Tideströmungen und Prielverläufe geführt. So höhlte das Watt von Jahr zu Jahr tiefer aus. Sowohl in der Fläche als auch an den Rändern, also den Ostufern der Inselküste, wurde ständig Substanz abgetragen.

Bei den Ebbe- und Flutströmen zwischen offener See und den beiden großen Gezeitenbuchten, nördlich und südlich des Dammes, entwickelten sich an den Inselspitzen große Wirbel, die dort stellenweise zu dramatischen Landverlusten beitrugen. Das Naturschutzgebiet Hörnum Odde war bereits 2013 vom zuständigen Küstenschutzbereich aufgegeben worden. Das Landesamt beschränkte sich damals darauf, mit Tetrapoden die meist verlassen wirkende Ferienhaussiedlung am Ortsrand von Hörnum vor den Fluten zu sichern. Zusätzlich ausgelegte Tetrapodenquerwerke und Buhnen verursachten weitere Blockaden im natürlichen Fluss der Naturgewalten. Das Ergebnis war die komplette Erosion der einst so großen Südspitze, innerhalb der folgenden sechs Jahre.

»Nach der Wende haben wir unsere Prioritäten auf ein Leben im Einklang mit der Natur ausgerichtet und nicht mehr dagegen gearbeitet«, resümierte Urdig.

»Das Watt im Osten füllte sich erstaunlich schnell wieder mit Sedimenten an. Auch weil Festlandsgemeinden mitzogen und gezielt Deiche vor ehemaligen Meeresbuchten abrissen, die von den Nazis zu landwirtschaftlichen Produktionsflächen umgewandelt worden waren. Durch die Öffnung der Deiche entstanden weitere große und beruhigende Auslaufbecken für die Wassergewalten, zwischen Insel und Festlandsküste. Die Raps- und Maisacker wurden in artenreiche Wasserlandschaften und Feuchtlebensräume umgewandelt. Nach kurzer Zeit boomte dort ein Naturerlebnis-Tourismus der viel Geld in die strukturschwache Festlandsregion brachte.

Zusätzlich versenkten wir in die Rinnen des Lister- und Hörnumer Tiefs Strömungsturbinen, die uns umweltfreundliche Energie liefern. Die sind ebenfalls geeignet, dem Flut- und Ebbstrom Aggressivität zu nehmen und auch optimal, um windstille Zeiten zu überbrücken, wenn die Power-Units auf Hoher See keinen Strom liefern.«

Die Wattströmungen verlangsamten sich also erheblich und so entstanden riesige Schlickwattbereiche im Nationalpark. Das lockte weit mehr Zugvögel aus aller Welt an, als es früher der Fall gewesen war.

»Das Wattenmeer bei Sylt heißt jetzt nicht nur Nationalpark, sondern erfüllt bei Naturfreunden und Ornithologen auch deren Erwartungen an ein Top-Naturreservat von internationalem Rang«, erklärte Urdig.

»Schlickwatt ist aber nicht nur ein Eldorado für Vögel und Fische, sondern auch ein optimaler Küstenschutzfaktor. Die Bodenoberfläche wird durch Myriaden von Kleinstlebewesen von einer feinen Schleimschicht überzogen, die selbst heftigen Stürmen standhält. Der Meeresboden wuchs also mit dem Klimawandel und dem allgemeinen Meeresspiegelanstieg über die Jahre, ganz natürlich mit. Die Fluten bekamen immer weniger Angriffsflächen und die aggressiven Rückströmungen, die auch die Westseite der Insel beeinträchtigten, lösten sich auf.

Zusätzlich zu den Maßnahmen im östlichen Wattenmeer, verbannten wir die gesamte Großfischerei aus der 200-Seemeilenzone westlich der Insel. Die Baumkurren der Industriefischerei pflügten damals noch jeden Quadratmeter Nordseeboden tiefgreifend um. Seit der Einführung der fischereifreien Zone hat sich der Lebensraum regeneriert. Von den letzten, mosaikartig verteilten Ruinen des Sylter Außenriffs breiteten sich nach 2020 wieder flächendeckend seltene Tierarten aus, die längst als verschollen galten. So haben wir heute wieder ausgedehnte Sabellaria-Riffe vor der Insel. Das sind Sandröhrenwürmer, die einen ähnlich verfestigenden Effekt auf den lockeren Meeresboden haben wie die Kleinlebewesen auf das Schlickwatt. Die Bodenfauna konnte sich ungestört und ganz natürlich weiterentwickeln. Es entstanden größere verzahnte Sandwälle westlich der Insel, die sich besänftigend auf die vormals harten Strömungen und Wellenbewegungen auswirkten. Gleichzeitig ergab sich zur Freude aller Surfer ein vielfältiges Unterwasserprofil von Sandriffen, das Wellenhöhen und -läufe unterschiedlicher Schwierigkeitsgrade produziert. Vor allem führte all das in letzter Minute dazu, dass der verstärkte Inselabtrag auf ein natürliches Maß hinuntergeschraubt wurde. Für Notfälle steht nach wie vor ein Hopperbagger parat, der die altbewährten Sandvorspülungen durchführt, wenn sie punktuell, nach Megastürmen, erforderlich sind.

Seitdem siedelt hier wieder eine reiche Fisch-, Muschel- und Krebstierfauna. Außerhalb der Nullnutzungszonen dürfen lizensierte Insulaner ausschließlich für den Inselmarkt, Meeresfrüchte mit naturschonendem Fang- und Sammelmethoden ernten.«

Urdig hätte stundenlang weiter über Küstendynamik fachsimpeln können, aber Hanna hatte sich bei dem Alten eingehakt und lenkte das Thema in eine andere Richtung. Sie wanderten über den einsamen Strand am Roten Kliff.

»Da!«, rief sie aus und streckte ihren linken Arm in Richtung Meer. Direkt hinter der Brandung tauchten zehn, zwanzig kleine schwarze Dreiecke auf.

»Es gibt sie also noch, die Schweinswale«, rief Hanna.

»Natürlich, Hanna. Hier ziehen auch regelmäßig Weißschnauzendelphine und große Tümmler vorbei. Sogar Orcas tauchen hin und wieder vor der Küste auf. Der Klimawandel und die Entwicklung einer reichen Meeresfauna locken mehr Arten an, die früher nur im Atlantik vorkamen. Schließlich haben wir gegenüber dem Jahr 2000 eine um vier Grad erhöhte, durchschnittliche Wassertemperatur. Haie hat es aber gottlob bisher nicht hierher gezogen, dafür sind die Rochen zurückgekehrt, die es im Mittelalter noch zu Hauf gab«, erklärte Urdig.

»Auch die Robben erfreuen uns immer mehr. Sie sind noch zutraulicher geworden. Das liegt wohl am Rückgang der Urlauberzahlen und daran, dass wir vermehrt Rastplätze an einsamen Inselstränden ausgewiesen haben. Strandläufer begegnen jetzt viel öfter Rudeln, die sich nur gelangweilt zur Seite rollen, wenn sie vorbeigehen. Kommt man allerdings zu nah, zischen sie einen auch gern mal an. Echte Wildtiere und Naturgewalten um uns herum sind uns auch viel lieber, als halbdomestizierte Kuscheltiere. Wer die sehen will, soll nach Hamburg, Berlin und München in den Zoo gehen.«

Hanna war beeindruckt. Sie war an vielen Stellen der Welt gewesen, wo Robben aus nächster Nähe betrachtet werden konnten. Am kalifornischen Fisherman`s Warf oder den Quais von Kapstadt, aber nirgendwo hatte sie diesen authentischen Eindruck von Wildtieren in ihrer angestammten Wildnis so erlebt, wie hier im Sylter Srandreservat.

DAS GROSSE THING

Urdig steuerte auf einen leeren Strandkorb vor dem Roten Kliff zu und lud Hanna ein, neben ihm Patz zu nehmen.

»Also, es war schon ein tiefgreifender Entwicklungsprozess nötig, um wirklich kollektiv umzudenken«, sinnierte er. »Ich hatte dir ja von den Schwitzhütten-Reinigungszeremonien erzählt, die wir in jedem Dorf mit allen Einwohnern abhielten. Das waren bewegende und rührende Szenen, die sich in der Dunkelheit und Hitze der Rituale abspielten. Viele lagen buchstäblich am Boden und winselten um Verzeihung für die ausbeuterischen Handlungen, die sie gegenüber Gästen, der Inselnatur, den eigenen Kindern und vor allem, gegenüber sich selbst vollzogen hatten.

Da waren Makler, die schworen, nie wieder einen Häuserdeal zu machen und Architekten, die beteuerten, nie wieder mit Beton und nie wieder eckig zu bauen. Da gelobten Gastronomen und Hoteliers, sich selbst durch humane Geschäftszeiten und ausreichend Personal mehr Lebensqualität zuzubilligen. Sie beteuerten, künftig auf den Ausschank von Alkohol und die Zubereitung von Junkfood und Fleisch aus Massentierhaltung zu verzichten. Sie schämten sich für die unwürdige Behandlung, Bezahlung und Unterbringung ihres Personals. Tourismusmanager bezichtigten sich der Lüge und des Selbstbetruges.

Nachdem alle von der Hitze und der hohen Energie mit ihren verdrängten Themen konfrontiert worden waren, trat allmählich Ruhe ein. Alles wurde friedlich. Dann hielten wir das erste große Thing im Ringwall der Tinnum Burg ab. Wir trafen uns nach Sonnenuntergang und der ganze Ort war von Fackeln und kleinen Tonnenfeuern erhellt.

Alle Versammelten waren glücklich über den unblutigen Verlauf der Revolte und es lag dieses prickelnde Gefühl in der Luft, dass etwas Wichtiges geschehen war, aus dem sich nun Kraft und Kreativität für einen echten Neuanfang entfaltete. Wir ließen die Surfer hochleben, die den Mut hatten, den Transformationsprozess einzuleiten und waren bereit, sie in die nun anstehenden, langwierigen Entscheidungsprozesse auf verantwortungsvolle Posten zu setzen.

»Und wo sitzen die jetzt?«, fragte Hanna.

»Was denkst du wohl? Natürlich alle wieder in der Welle« lachte Urdig. Keiner von ihnen hatte auch nur im entferntesten Lust dazu, Inselpolitiker zu werden. Ihr Engagement war im Grunde rein egoistisch gewesen. Alles, was sie wollten, war mehr Platz auf dem Wasser und ihre Ruhe. Auch Surfer sind keine besseren Menschen. Aber es sollte wohl ihre Aufgabe sein, auf Sylt die Wende herbeizuführen. Zum Dank haben wir sie zu Botschaftern der *RIF*-Bewegung gemacht. Das passte allen gut, da sie ja ohnehin im Winter weltweit unterwegs sind. Sie können sich jetzt über achtzig Prozent Reisekostenerstattung freuen und wir haben

Dank unserer Botschafter einen regen Austausch mit Inseln und Küstenorten in aller Welt. Es laufen viele Freundschaftsprogramme, die den Horizont unserer Kinder erweitern, den Sinn für eine gemeinsame Erde schärfen und schnell für den internationalen Fluss kreativer Verbesserungen sorgen. *Global denken, lokal handeln*, dieses alte Motto ist wesentlicher Grundsatz der *RIF*-Philosophie.

Im großen Thing hatten wir eine Menge Leute, die zur Mitgestaltung einer neuen Insel in der Lage waren und Engagement einbrachten. Wir diskutierten darüber, Sylt komplett für den Fremdenverkehr zu schließen. Die Mehrheit fand eine Abschottung der Insulaner gegenüber dem Rest der Welt aber ganz und gar nicht passend. Sylt war immer eine tolerante, offene Gesellschaft gewesen und viele Sylter reisten jedes Jahr um den Globus. Sie fühlten sich stets willkommen und freundlich empfangen. Es wäre doch engstirnig gewesen, sich auf der Insel einzuigeln. Außerdem hatten wir mit unserer Erfahrung jetzt vielen Urlaubsregionen etwas zu geben, die ähnliche Entwicklungen hinter sich hatten. *RIF* war unsere Mission!«

Die alte Sylta Behrends war oben auf den Burgwall hinauf geklettert und hielt eine flammende Rede. Sie sagte: ›Es geht doch nicht um Abgrenzung, liebe Freunde, nicht um Verschließung und Verteidigung! Es geht darum, dass wir Sylter uns der wirklichen Werte unserer Insel bewusst werden und die Verantwortung für ihren Erhalt übernehmen. Sylt

ist einmalig schön. Unser Meer hat heilende Qualität. Die tausendjährige Dünenheide ist einzigartig in
Deutschland. Nirgendwo in Norddeutschland gibt
es so viele steinalte Kult- und Kraftplätze, wie bei
uns. Die UNESCO hat unser Wattenmeer und Walschutzgebiet sogar zum Weltnaturerbe erklärt. Wir
können wirklich dankbar sein, dass wir hier leben
dürfen und das wir diesen Reichtum mit vielen anderen teilen können.‹

An der Stelle gab es den ersten großen Applaus für
Sylta«, sagte Urdig.

»In der Vergangenheit haben wir all diese Werte
teuer verkauft, um nicht zu sagen, ausverkauft. Nun
ist es Zeit zu verstehen, dass wir die Hüter dieser Insel
und des Meeres sind und das wertvolle Gut zum besten Nutzen aller Wesen zu verwalten haben. Lasst uns
schauen wo wir, wo Sylt, seinen Beitrag zur Gesun-
dung von Erde, Mensch und Natur, beitragen kann.«
Während Urdig berichtete, war er aufgestanden und
gestikulierte erhaben vor Hanna, die sich ganz in die
Ecke des Strandkorbes gekuschelt hatte.

»Nach Sylta war ich mit einer Rede an der Reihe: Freunde, ihr alle wisst, wie es um die Gesundheit
und Psyche der Menschen draußen im Lande bestellt
ist. Die Burnout-Statistik steigt von Jahr zu Jahr, die
Selbstmordrate hat exponentiell zugenommen. Die
Arztpraxen und Krankenhäuser sind chronisch über-
füllt und überfordert. Die Menschen dürsten nach
Heilung auf tieferer Ebene.

Mit der Gesundheit der Natur sieht es kaum anders aus. Wildnis ist in ganz Europa extrem selten geworden. Alles ist verbaut, asphaltiert, entwässert, begärtnert und geordnet. Lasst uns wenigstens diese kleine Insel so bewahren, dass Mensch *und* Natur davon profitieren und genesen können.

›Ja, aber wie denn?‹ riefen einige.

Wir bleiben offen für Besucher, aber wir richten unser Angebot so aus, dass es nicht nur ein trendiger Werbegag bleibt, sondern wirklich gesundheitlichen Nutzen bringt. Wir werden davon genauso profitieren, wie unsere Gäste. Wir müssen die Zahl der Urlauber mindestens halbieren und die Architektur der Insel nach Feng Shui Prinzipien umgestalten. Ab jetzt heißt es, die Kräfte der Natur nutzen, statt sie zu blockieren. Dazu gehört vor allem die Umstellung der gesamten Gastronomie auf biologische, hochwertige und gesunde Küche. Ethisch fragwürdige, gesundheits- und umweltschädlich produzierte Produkte werden verbannt oder mit hohen Steuern belegt. Alles Eckige wird abgerissen oder abgerundet und der Schönheit der Landschaft angemessen wieder aufgebaut. Vermietung geschieht nur noch in Pensionen mit Familienanschluss und wenigen Bio-Wellness-Hotels, damit sich der Gast wirklich willkommen und gut aufgehoben fühlt.

Diejenigen, die unser Angebot aus *Natur, Gesundheit und heilsamen Genuss* verstehen, werden von sich aus länger kommen wollen. Zusätzlich begrenzen wir strikt den Tages- und Kurzzeittourismus. Durch die Verlängerung des Aufenthaltes und die persönliche Bindung, werden wir zu einer Kultur von Gastfreundschaft zurückfinden, die diese Bezeichnung wirklich verdient: Der Besucher wird Freundschaft schließen mit seinen Gastgebern und der Insel. Die persönliche Beziehung zu Sylt und uns Syltern wird tiefer. Das heißt, die zukünftigen Gäste wollen nicht nur nehmen, sie werden außer ihrem Geld noch viel Wichtigeres geben: ihre Liebe, ihr Engagement, ihre Freundlichkeit für die Insel und ihre Bewohner.

Weniger Gäste bedeuten mehr Entschleunigung. Statt *schnell, schnell* heißt es ab jetzt *immer mit der Ruhe*. Unsere Priorität wird nicht mehr Gewinnmaximierung sein, sondern das Wohlergehen und Bewusstsein aller, die auf dieser Insel leben und hier Urlaub machen. Wir nutzen unsere alten Kraftplätze, schaffen durch richtiges Feng Shui neue Treffpunkte und kreieren Orte der Meditation, der Heilung, der Entspannung. Autoverkehr ersetzen wir durch intelligentere Mobilität. Durch den Wegfall von Straßen, Hotels und Appartementburgen werden wir Naturflächen der Wildnis zurückgeben können. Das ist die Verantwortung, die wir als Sylter für unser Erbe übernehmen dürfen, das uns durch Geburt oder Schicksal anvertraut wurde. ›So sei es, Shaka-Shaka!‹ rief die Menge der Versammelten und streckte im Schein der Fackeln das *Hang-Loose*-Zeichen in den blauschwarzen Sternenhimmel.«

»Waren die denn alle noch auf dieser südamerikanischen Droge, diesem Goho-Kayahuasca?«, fragte Hanna.

»Wie gesagt: Goho bringt einen Bewusstseinsprozess in Gang, der nach Hause führt. Einmal angestoßen, wirkt er von allein in die positive Richtung. Spätestens zwei Tage nach der Erstreaktion, kann jeder klar denken und frei entscheiden. Das Votum war also ein echtes Bedürfnis aus der Perspektive von Menschen, die tief etwas für sich geklärt hatten und aus Überzeugung ihre persönlichen Prioritäten für die Gemeinschaft einsetzen wollten.

Natürlich haben wir im Anschluss an die zahlreichen Reden am folgenden Tag ein sauberes, geheimes Abstimmungsverfahren zu unserem Konzept durchgeführt. Schließlich sollten alle eine Nacht darüber geschlafen haben. Die Zustimmung war überwältigend.« Urdig setzte sich wieder neben Hanna in den Strandkorb und lehnte sich zufrieden zurück. Er schaute auf die heranrollende Brandung.

»Aber, Urdig«, fragte Hanna, »wie habt ihr das denn gegenüber dem Rest der Welt durchbekommen? Sind nicht gleich Polizisten oder Soldaten auf der Insel gelandet, um separatistische Tendenzen zu unterbinden?«

»Nein«, sprach Urdig, »Dank Goho hatte sich bislang ja niemand irgendwo beschwert und Kiel als Landeshauptstadt ist weit weg. Dort haben sie ja noch nie viel davon mitbekommen, was an der Westküste läuft. Die Regierung schickte nur ein, zwei Mal im Jahr Beamte oder Politiker zum Tagesbesuch auf die Insel. Die Sylter waren als zu arrogant, zu wohlhabend und zu selbstbewusst verpönt.

Am folgenden Tag fuhr eine Insel-Delegation zur Landesregierung nach Kiel. Die Koalition aus SPD, Grünen und SSW, der dänischen Minderheitspartei Schleswig-Holsteins, war jetzt schon gut sieben Jahre am Ruder. Der Philosoph und damalige Umweltminister Robert Habeck war nach einer kurzen Ehrenrunde in Berlin, inzwischen Ministerpräsident des Landes Schleswig-Holstein geworden.

Das Sylt der Uschi Urban war den Parlamentariern und der Landesverwaltung in den letzten Jahren ein Dorn im Auge gewesen. Sie hatten natürlich bemerkt, dass auf Sylt Geld in großem Stil gewaschen wurde und Finanzflüsse an ihrem Säckel vorbei direkt nach Moskau, Genf, Palermo und in karibische Steuerparadiese flossen.

Insofern hatten sich die Kieler Regierungsköpfe angenehm überrascht gezeigt, als wir die Nachricht vom Abgang Uschi Urbans brachten. Wie es dazu gekommen war und weshalb plötzlich fast alle Finanzjongleure die Insel verlassen hatten und den Insulanern schriftlich weitreichende Vollmachten und Schenkungen zu Häusern und Grundstücken hinterließen, blieb natürlich ein Sylter Geheimnis. Wir schoben die Kapitalflucht auf undurchsichtige Machenschaften und rivalisierende Banden innerhalb des weltweiten Kartells. Die Kieler nahmen uns das so ab. Politiker kennen das. Besonders die Alten in der Landesregierung waren derartigen Schlick gewohnt. Minsterpräsident Habeck hingegen war Quereinsteiger und zeigte sich sehr offen für die Idee einer ökologischen Modellregion Sylt.

Als bekannt wurde, dass der Hindenburgdamm, weder von Terroristen noch von Separatisten, sondern von namhaften, ehrbaren Sylter Bürgern zum Selbstschutz vor dem Kartell gesprengt worden war, stellte die Bundesanwaltschaft auch die Untersuchung und Anklage wegen *unbefugten Eingriffs in den Schienenverkehr* ein, der sonst unter die Terrorgesetzgebung gefallen wäre. Es wird gemunkelt, die Sylter hätten zu allen Besprechungen einen schmackhaften, echt Sylter Inselköm ausgeschenkt, indem sich ein Hauch Goho befunden habe.« Urdig hüstelte.

Jedenfalls gelang es der Inselkommission, in wochenlangen Arbeitskreisen und moderierten Symposien, bei der Regierung den Status eines Modellprojektes von „Bund und Land" heraus zu handeln. Das war praktisch ein Freibrief für die eigene Gestaltungsmöglichkeit der Sylter. Für eine nachhaltig bewirtschaftete Urlaubsinsel mit alternativer Mobilität und Infrastruktur. Dieses Leuchtturmprojekt von Bund, Land und EU sollte Technologien und neue Formen des Zusammenlebens von Forschung und Lehre in Hinblick auf die bundesweiten Anwendungsmöglichkeiten testen.

Man hielt Sylt für den optimalen Modell-Ort, da dort über das Jahr tausende von Menschen aus allen Regionen Deutschlands ihren Urlaub verbrachten. So könnten sich die Erfahrungen mit der neue Lebensart und Technologie zügig in alle Regionen der Republik ausbreiten. Um die *Modellregion Sylt* zu realisieren, stellten Bund und Länder Finanzmittel bereit, und schafften die Möglichkeit, versuchsbezogene Sondergesetze zu testen. Sonst wäre die Visumspflicht für den Syltbesuch nicht möglich gewesen. Dies war aber eine wichtige Voraussetzung, um die Urlauberdichte mit der Stellschraube *Mindesturlaubszeit* optimal zu steuern.

Die Insel erhielt zusätzlich sämtliche Fördergeld-Möglichkeiten aus EU-Töpfen, wenn es um die ökologische Verbesserung des Lebensraumes für Mensch und Umwelt ging. Diese Unterstützungen machten es möglich, alte Strukturen und Gebäude abzureißen und die Insel in großem Maßstab ganz neu zu überplanen.«

Wurzelschmerz

Hanna und Urdig gingen die letzten Kilometer schweigend am Spülsaum entlang. Jeder für sich hatte die Augen auf Muscheln, Algen und Tuul gerichtet, jenen schwarzbraunen Torfgrus, den man vor allem nach Ostwinden im Antreibsel findet.

»Hey«, rief Hanna plötzlich, »ich hab einen!« Dabei hielt sie einen daumengroßen, durchscheinenden Bernstein zwischen den Fingern.

»Wow!«, sagte Urdig, »das ist gemein! Ich lebe hier und finde fast nie welche und du pickst mal eben einen echten Nordsee-Nugget[36] auf. Willst du dir den in Martha's Vineyard auf den Schreibtisch stellen?«, lachte Urdig. Hanna schwieg und ging leicht gebeugt über den Spülsaum weiter. Als Urdig sie einholte, merkte er, dass etwas nicht stimmte. Er legte seine Hand auf ihren Rücken und spürte die Traurigkeit ihres Herzens durch den NeoFrott. Als sie sich ihm zuwandte, sah er, dass sie weinte.

»Urdig, ich will nicht zurück ins amerikanische Rattenrennen, ich will hier zu Hause auf Sylt bleiben«.

»Hanna, wenn Du es wirklich, wirklich willst, dann wird sich ein Weg finden. Du wirst schon sehen.«

---

36 engl.: Goldstück

Freundschaftlich eingehakt erklommen sie beim Hauptübergang Wenningstedt die Dünen und standen schließlich vor dem Kursaal-3, dem alten Wenningstedter Veranstaltungsgebäude aus dem Jahre 2015. Hanna blickte auf das Plakat mit dem Veranstaltungsprogramm und las:

AM SAMSTAG WEISSE WEINNACHT – DIE LEGENDÄRE KULTSHOW IM KURSAAL-3

Hanna schaute Urdig irritiert an.

»Weiße WeinNacht? Wir haben doch heute den 4. Mai. Sehr aktuell, scheinen die hier nicht zu sein.«

»Nein, Hanna, das ist ein Wortspiel. Morgen Abend tritt ab 19 Uhr, wie jeden zweiten Samstag im Monat, die legendäre Conny Wein in ihrem weißen Galakleid auf und bringt acht Sketche auf die Bühne. Die 83-jährige ist eine alte Freundin von mir. Sie kann gleichzeitig umwerfend komisch und sehr weise sein. Du solltest dir eine Karte für die morgige Abendvorstellung besorgen.«

Hanna stockte der Atem, als Urdig in dieser Art von ihrer Mutter sprach. Natürlich wusste er ganz genau, wer sie war, und dass die beiden seit 36 Jahren so gut wie keinen Kontakt miteinander gehabt hatten. Er hatte sie ganz absichtlich hierher geführt.

»Nein Urdig, niemals«, stotterte Hanna verblüfft und etwas ärgerlich. Dann rannte sie schluchzend die Valeska-Gert-Promenade nach Süden zum Strand hinunter, bis Urdig sie aus den Augen verlor.

»Tze, tze, tze«, brummelte der Alte in seinen Bart. »Glaubst du wirklich, du kannst deinen familiären Wurzeln für immer aus dem Weg gehen?«

Hanna lief und lief. Sie fühlte sich innerlich zerrissen, aufgewühlt und spürte Wut aufsteigen. Nicht gegen Urdig, sondern gegen ihre Mutter, ihren Vater – und gegen sich selbst. Sie war jetzt ganz allein, irgendwo am Strand zwischen Wenningstedt und Rantum. Das Meer war für die Jahreszeit erstaunlich aufgewühlt. Die Brecher krachten mit Wucht auf den Strand.

Hanna blieb abrupt stehen und wandte sich den Wellen zu. Dann breitete sie die Arme aus und schrie gegen das Getöse der Brandung ihren Schmerz von der Seele:

»Warum habt ihr euch damals getrennt und mich allein gelassen? Warum habt ihr nicht versucht, mich bei euch zu halten, sondern mich nach Amerika abgedrängt? Ihr wolltet mich doch nur loswerden, damit ihr eure eigene Freiheit hattet! Ihr verdammten …«

Während sie das Wort Freiheit herausschluchzte, spürte sie, dass sich trotz des Schwalls von Vorwürfen, eine innere Instanz bildete, die ihren eigenen Tobsuchtsanfall irgendwie beobachtete und zu kommentieren begann. Noch während die Tränen flossen, sagte ihre eigene innere Stimme:

»Warum machst du hier so einen Aufstand. Du hättest doch genauso reagiert. Du hast es ja damals mit Aaron sogar ganz ähnlich gemacht, nur noch schlimmer. Du hast dein Kind abgetrieben. Damit hattest du es unwiderruflich wirklich endgültig verlassen, für immer und ewig. Ja das stimmt: Wir waren jung und wollten nur unsere Freiheit haben.

Natürlich waren Ma und Pa froh, als du mit 18 aus dem Haus wolltest. Du warst zu der Zeit ja auch wirklich immer noch eine pubertierende Drama-Queen die täglich eine große Szene machte, wenn ihr etwas gegen den Strich ging. *Mein kleines Gewitter*, hat Mammi dich immer genannt. Weißt du überhaupt, was es für zwei junge Leute mit wenig Geld bedeutet, Kinder großzuziehen? Es war wirklich Zeit, dich aus dem gemachten Nest zu werfen.

Und Paps war doch sowieso schon innerlich ganz woanders, weil es mit Mammi nicht mehr lief. Erinnere dich doch mal daran, dass du in dem gleichen Alter später deine Lover ohne Rücksicht auf Gefühle von anderen, ständig gewechselt hast. Und wer war es denn, der Briefe von den beiden über Monate nicht beantwortete und auf stur stellte?«

Das Schluchzen und der innere Dialog verstummten so plötzlich, wie sie gekommen waren und ein Gefühl der stillen Scham stellte sich bei Hanna ein. Was auch immer da in ihr sprach, es hatte recht: Ihr Anteil an dem Bruch mit den Eltern zeigte sich mehr als deutlich. Sie hatte keinen Deut besser gehandelt als diejenigen, die sie immer verurteilt hatte.

Hanna wanderte trotzig entlang des Flutsaums weiter nach Süden und dachte nach:

173

Wenn damals die Krise im Elternhaus nicht so offensichtlich geworden wäre, hätte sie bestimmt nicht den Mut gehabt, allein ein halbes Jahr nach Neuseeland zu reisen. Dann hätte sie Debbie nie kennengelernt und wäre letztendlich nie in die USA und die Positionen gekommen, die sie als Korrespondentin erreicht hatte.

Was hatte sie dort für einen Ehrgeiz entwickelt! Sie hatte es ihren Eltern zeigen wollen. Sie konnte gut ohne deren verlogene Fürsorge zurecht kommen. Aber tief unten wusste sie ganz genau, was sie wirklich motiviert hatte: Sie wollte von ihrer Mutter bewundert werden. Bewundert für etwas, was Conny sich in ihrer Zeit als Reporterin der Sylter Rundschau immer gewünscht, aber wegen ihres Kindes nie realisiert hatte: eine Karriere als Auslandskorrespondentin. Ja, etwas in ihr hatte versucht, genau diesen Wunsch der Mutter, stellvertretend für sie auszuleben.

Ihre Therapeutin hatte recht: Das Kind in ihr wollte damals unbewusst der Mutter helfen, ihr heiß erwünschtes Leben zu leben.

Als der erwachsenen Hanna jetzt angesichts der tosenden Brandung alle Zusammenhänge so klar wurden, fing sie an sarkastisch über sich selbst zu lachen: »Oh Gott, niemand kann das Leben eines anderen Menschen leben!«, kreischte sie in den Westwind hinaus.

174

Als sie den Blick von Spülsaum und Wellen löste und wieder erhobenen Hauptes voranschritt, sah sie ein schwarzes Dreieck aus den Dünen lugen, das die Sonnenstrahlen bläulich aufblitzend reflektierte. Es war die Spitze der Rantumer Pyramide.

Hanna beschleunigte ihren Schritt und wusste was sie jetzt wollte.

Die Dynamische

Hanna betrat die große Kammer der Pyramide. Das Kraftfeld, von dem Urdig gesprochen hatte, schien ihr physisch greifbar. Es knisterte förmlich in der Luft und sie spürte Lebendigkeit in jeder ihrer Körperzellen. Offenbar kam für sie wieder alles genau zum richtigen Zeitpunkt: Sie stand auf dem Schwingboden aus Eichenholz von mindestens fünfzig anderen Menschen umgeben. Über ihr die machtvoll emporragende Pyramide und der gebündelte Lichtstrahl, der in den Kristall eintauchte, um von dort tausendfach in alle Richtungen zerstrahlt zu werden. Alle Anwesenden hatten ihren NeoFrott am Eingang gegen eine luftige Tunika getauscht, die fast bis zum Boden reichte und dabei dem Körper komplette Bewegungsfreiheit und ungehindertes Schwitzen ermöglichte. Uhren und Schmuck mussten am Eingang zurückgelassen werden.

»Willkommen zur dynamischen Meditation. Wir beginnen mit heftigem Ausatmen durch die Nase«, sagte eine sanfte Stimme über die verborgenen Lautsprecher.

Nun erst bemerkte Hanna die zarte Frau, die mit einem Mikrofon neben der großen Klangschale in einer der abgerundeten Nischen der Pyramide stand. Ihre Stimme war zärtlich und doch bestimmt. Die Versammelten schlossen die Augen, und begannen mit dem Gong der Klangschale intensiv zu schnaufen. Hanna verfiel in den gleichen Rhythmus. Mit dem Gong setzte ein stetiges, zermürbendes Trommeln ein. Dabei standen alle in Skifahrerhaltung, zufällig im Raum verteilt, und federten bei jedem Ausatmen in den Knien: zisch, zisch, zisch, zisch. Das Geräusch von rhythmisch über die Nasenlöcher ausgestoßener Atemluft hallte laut in Hannas Ohren.

»Keine Verschnaufpause, atmen, atmen, atmen ohne zu denken«, hörte sie die Stimme sagen.

Für fünfzehn Minuten befand sich Hanna im Trommelrausch. Sie spürte wieder Wut aufsteigen. Ihr wurde schwindelig, während sie weiter die Luft aus den Nasenlöchern presste. Ihre gesamte Aufmerksamkeit war aufs Atmen gerichtet. Sie steigerte sich immer lustvoller in das Schnaufen hinein.

SCHRRINGG!

Der Klang eines chinesischen Gongs leitete die zweite Phase der Meditation ein.

»Jetzt lass alles raus!«, zischte die Lautsprecherstimme. In diesem Moment brach ein Heulen, Johlen und Fluchen in der Pyramide los. Dermaßen laut, dass die Chaosmusik aus den Boxen fast von dieser Kakophonie verschluckt wurde.

Die Leute liefen wie die Irren in der Halle umher. Sie kickten und boxten ins Leere. Dabei stießen sie die heftigsten Schimpfworte und Aggressionen gegen imaginäre Personen und Institutionen aus, die gerade in ihren inneren Filmfestspielen auftauchten. »Arsch-

loch, Wichser, Speichellecker, Mörder, Sadist, Idioten-
staat!«, waren noch die harmlosesten Beschimpfungen.

Dazwischen heizte immer wieder die Stimme über
den Lautsprecher an:

»Lass es raus, zeig's ihnen, wehr dich!«

Auch Hanna machte ihrem Herzen Luft. Dabei
fiel sie immer wieder ins Amerikanische: »Asshole, ra-
pist, sonuva bitch!« Diese zehn Minuten fühlten sich
wie eine Ewigkeit an.

SCHRRINGG!

Wieder wechselte der Gong die Phase und leitete
in eine merkwürdig rhythmisch-federnde Synthesi-
zermusik über.

»Spring auf der Stelle hoch und runter ohne ab-
zufedern. Lass die Energie mit dem Hu in dein Hara
hämmern!«

Die Lage der Chakren, jene Energiezentren der
Aura, die unseren Körper durchwirkt und umgibt,
hatte Hanna schon beim Yoga kennengelernt. Sie
sprang jetzt auf und nieder und richtet ihre Aufmerksamkeit auf den Punkt, der drei Finger breit unter
dem Bauchnabel liegt und Hara genannt wird. Hier
hinein rief sie bei jedem Aufprall ihrer Füße laut:
»HU! HU! HU!«

In diesen Punkt, den japanische Shaolin-Mönche
als Mittelpunkt und wichtigstes Zentrum des Menschen bezeichnen, ließ sie mit jedem Stoß auf den
Boden die reflektierende Energiewelle hineinlaufen.
Hanna öffnet kurz die Augen und sah fünfzig Frauen

178

und Männer wie Flummies in der Pyramide hüpfen, die dabei lautstark Hu!-Rufe ausstießen. Was für eine skurrile Szene.

Statt das alles albern zu empfinden, spürte Hanna eine unbändige, geradezu erhabene Kraft und Vitalität in sich aufsteigen. Mit jedem Stoß brach sie sich tiefer durch alte Körperpanzer und Verkrustungen, die sie im Laufe ihres Lebens angelegt hatte, um sich vor Verletzungen zu schützen. Mit jedem Hu! fühlte sie ihre inneren Möglichkeiten und ihr ureigenes Wesen immer deutlicher ganz tief in ihren Eingeweiden. Sie hatte sich so lange hinter einer Maske von professioneller Verbindlichkeit, süchtiger Verbissenheit und angstkaschierender Glätte versteckt.

STOPP!

Die Hintergrundmusik brach ab.

»Steh still und beobachte!«, sagte die Stimme.

Die Stille in der Halle fror alle in der aktuellen Körperstellung zu reglosen Statuen ein. Hanna hörte vereinzeltes Schnupfen und Schnäuzen oder Seufzen. Sie glaubte zu dampfen und beobachtete sich bewegungslos von innen. Sie schmeckte ihr verlaufendes Makeup auf den Lippen, der Schweiß rann ihr in Strömen über den ganzen Körper, die Knie schmerzten. Sie war selig!

Die eben noch gespürte Stärke hatte sich in etwas Sanftes, Heilsames verwandelt. Hanna begann innerlich wie äußerlich zu fließen. Sie konnte glasklar die Zusammenhänge als großes Bild erkennen und hatte vor Augen, wo sie jetzt in ihrer Entwicklung stand. Sie wusste auf einmal mit großer Gewissheit: Es war alles genau richtig so in ihrem Leben gelaufen. Trotz der Enttäuschungen, trotz der Schmerzen hatte sich jeder Meter dieser Reise gelohnt.

Eine Ewigkeit lang stand sie staunend im Raum. Dann leiteten freundlich-harmonische indische Klänge die letzte Phase der Meditation ein und legten sich wie Balsam auf ihre seelischen Wunden. Sie tanzte jetzt sanft und anmutig mit den anderen durch die Pyramide. Eine Stunde war vergangen. Hanna kam es vor wie ein ganzer Tag.

Sie blieb noch eine Weile allein auf dem Meditationskissen sitzen. Mit geschlossenen Augen breitete sie die Arme nach oben aus, und sah vor ihrem geistigen Auge ihre Mutter. Sie zeigte sich in dem Alter, wie Hanna sie kannte als sie Sylt verlassen hatte. In ihrer Phantasie übergab sie Conny ein Paket, das wie ein Geschenk schön mit roter Schleife verpackt war.

Dabei lauschte Hanna sich selbst, wie sie die Worte flüsterte:

»Mutter, ich gebe dir etwas zurück, was immer dir gehört hat. Ich hatte es aus Unachtsamkeit von dir übernommen, weil ich dachte, ich könne dir durch mein Leben deine Wünsche erfüllen. Aber nun sehe ich ein, dass das nicht funktionieren kann. Es ist deins und es gehört dir ganz allein. Ich habe es lange genug getragen und gebe es nun frei!«

Sie sah ihre Mutter, wie sie wissend lächelte und das Paket entgegennahm. Kaum hielt Conny es in den Händen, schrumpfte es zu einer kleiner Praline in Form einer Muschel, die sie sich genüsslich lächelnd im Munde zergehen ließ.

Dann verblasste die innere Vision und Hanna nahm einen tiefen Atemzug. Sie fühlte sich wie neu geboren. In der kleinen Seitentasche ihrer Robe fühlte sie etwas Länglich-Geschmeidiges. Sie holte es hervor und schaute völlig gedankenverloren durch den goldgelben Bernstein ins Licht des großen Bergkristalls.

CHILLAX

Westerland, 5. Mai 2050

Als Hanna am nächsten Morgen erwachte, schleppte sie sich in den Frühstückssalon der Krügers. Sie verspürte einen heftigen Muskelkater, vor allem in den Waden.

»Was haben Sie denn gemacht?« Nachdem Hanna in groben Zügen berichtet hatte, schaute sie Frau Krüger verständnisvoll an.

»Wenn Sie von Kampen bis zur Pyramide durch den Sand gelaufen sind und dann noch die Dynamische durchgezogen haben, ist das wirklich kein Wunder. Meine Freundin Jali ist eine hervorragende Ayurveda Masseurin. Sie kommt aus Sri Lanka. Soll ich sie anrufen?«

»Oh ja gern!«, sagte Hanna und aß ihr Sylter Beerenmüsli.

Keine Stunde später lag Hanna nackt auf festen Baumwollmatten in einem hellen und gut temperierten Raum des Dünen-Spas in Hörnum. Der als Oktagon angelegte Holz-Kuppelbau war dort entstanden, wo vor der Wende ein eckiges Hotel mit hässlichen Nebengebäuden gestanden hatte. Die Fenster des Massageraumes reichten bis zum Boden und gaben den Blick aufs Meer frei. Der Duft von Nag Champa

Räucherwerk lag in der Luft und entspannende Klänge verströmten Wellness-Atmosphäre.

Über ihr hingen Gymnastikringe von der Decke, in die sich Jali eingeklinkt hatte. So konnte sie ihren Gewichtsdruck genau dosieren, während sie über Hannas Rücken spazierte. Den hatte sie zuvor mit Kalamuspulver abgerieben und dann satt mit warmem Sesamöl einmassiert. Jetzt bohrte Jali mit ihrer öligen Fußhacke etwas tiefer in verhärtete Rückenpartien ihrer Klientin und gab über das Austarieren mit den Ringen fast ihr volles Körpergewicht in die knubbelige Stelle. Hanna registrierte das mit einem Lustgefühl, das an der Grenze zwischen Schmerz und Erleichterung changierte. Dann stieg Jali aus den Ringen vom Rücken hinunter, um mit einigen Yoga-Stretches für mehr Flexibilität zu sorgen. Sie griff Hannas Beine an den Fußfesseln, überkreuzte sie einmal rechts und dann links und drückte sie jeweils mehrmals so weit es ging in Richtung Po. Alles knackte ein wenig, aber fühlte sich herrlich öffnend und entspannend an.

Nach der fünfzigminütigen Massage konnte Hanna noch etwas Chillen und ihren Blick ganz weich in Richtung Meer einstellen. Sie war jetzt da. Vollständig gegenwärtig. Ganz entspannt im Hier und Jetzt.

Der gestrige Tag hatte sie reifen lassen. Und mit ihr eine weitreichende Entscheidung.

Sie wollte heute Abend zur Vorstellung ihrer Mutter in den Wenningstedter Kursaal-3 gehen.

Ganz allein. Ohne Tröster, Stützer und Helfer. Sie war jetzt alt genug, um selber den Mist zu bereinigen, den sie mit angerichtet hatte.

Sie fühlte sich erleichtert nach dieser Entscheidung. Dann wandelte sie durch einen Glasgang zur Strandsauna hinüber, ließ den weißen Bademantel auf die Ablage gleiten und legte sich in die 90 Grad heiße Luft auf die Holzbank vor der Panoramascheibe zum Meer. Ihre Entspannung sackte noch einmal eine Etage tiefer. Nach dem zweiten Limone-Salbei-Aufguss lief sie nackt hinaus über den Strand in die Nordseewellen. Ihr Herz pulsierte bis zum Hals. Alles prickelte wie Champagner. Selten hatte sie sich so lebendig gefühlt.

Zurück im Heimathafen

Von der Dachterrasse des Spas überblickte sie das Dorf, das sie aus ihrer Kindheit als ihren Schulort in Erinnerung hatte. In Hörnum sah fast nichts mehr aus wie früher. Nur der alte Leuchtturm und ein Teil der Kersigsiedlung mit den reetgedeckten Dünenhäusern standen noch. Auch die alte Holzhütte der Schutzstation und das kleine Kirchengebäude mit der *Arche Wattenmeer* waren geblieben. Ansonsten waren wegen der neuen, landschaftsangepassten Architektur à la César Manrique, dem Naturarchitekten der Kanaren, kaum Häuser zu entdecken. Sie verschwanden unter Grasdächern, Dünenüberhängen und Gebüschen. Neuerdings gab es es sogar Häuser, die per Knopfdruck komplett unter das Bodenniveau versenkt werden konnten. Nur wenn die Besitzer anwesend waren, wurden die Gebäude stufenlos hochgefahren. Zu anderen Zeiten waren sie unsichtbar. Alle anderen Bauten hatte die insulare Ästhetik- und Feng-Shui-Kommission zum Abriss freigegeben. Dieses Gremium setzte sich aus erfahrenen Experten der Fachbereiche Architektur, Stadtplanung, Natur-, Denkmal- und Landschaftsschutz auf der einen und Feng Shui-Beratern, Rutengängern, Energiefeld- und Ley-Line[37]-Forschern auf der anderen Seite zusam-

37 Heilige Energie-Linien in der Landschaft

men. Zwei Ursylter der Sölring Foriining, die als Insulaner in der fünfzehnten Generation über wichtige Grabstätten und alte Versammlungsplätze informiert waren, leiteten das Gremium. Sie bestimmten, welche Gebäude stehen blieben, welche nur ein wenig verändert zu werden brauchten und welche ganz abgerissen werden mussten. In Hörnum eliminierten sie leider über 90 Prozent der örtlichen Bausubstanz.

Erstaunlicherweise hofften die meisten Sylter auf einen negativen Bescheid der Kommission. Schließlich erhielten die Hausbesitzer ohne eigene Zusatzkosten nach Abriss ein neues Haus, das den erwünschten Prinzipien der Inselgemeinschaft entsprach. Das war ein Vorteil, denn die neuen Gebäude sahen viel schöner aus. Sie waren nach den neuesten Erkenntnissen der ökologischen Technik und hoch energieeffizient konstruiert. Sie entstanden nach Maßstäben des lebenswerten Wohnens und erhöhten um Längen die Lebensqualität gegenüber den alten Appartmentblocks und Wehrmachthäusern, die Hörnum bis dahin geprägt hatten.

Wo immer möglich, orientierten sich die Planer beim Wiederaufbau auch an dem Prinzip Mehr-Generationen-Wohnen. Das galt sowohl für die einzelnen Häuser als auch für die gesamte Dorfplanung. Altenheime gab es auf der ganzen Insel nicht mehr. Die Sylter sorgten dafür, dass ältere und benachteiligte Menschen in der Mitte der Dorfgesellschaft wohnten, gerade wenn sie pflegebedürftig waren. So konnten sich alle über kurze Wege um die Schwachen kümmern. Und die leistungsfähigeren Alten hatten Freude, mit den Kindern des Ortes zu spielen oder den Urlaubern *Seemannsgarn* und Döntjes[38] von früher zu erzählen.

Hanna spazierte vom Spa zum alten Hörnumer Hafen an der Ostseite. Das eckige Betonbecken war verschwunden und einer zum Piratenhafen umgestalteten Naturbucht gewichen. Den Baumeistern war es gelungen, die Spundwände und Kaianlagen geschickt mit Sand zu kaschieren, dass alles wie ein natürlicher Inselhafen aussah. Mitten darin lag ein imposanter alter Dreimaster mit dem Namen *Pidder Lüng*. Am höchsten Mast wehte eine Piratenflagge und darunter stand *Lewer duar üs Slaav*.

Die Hörnumer hatten hier die authentische Geschichte ihres alten Piraten Pidder Lüng aus dem 15. Jahrhundert wieder aufleben lassen. Zur Freude aller Kinder gab es rund um den Hafen Buden, die das Piratenambiente und die Geschichte Hörnums lebendig werden ließen. Überall wimmelte es von Kindern und ihren Familien, die alles ausprobierten und nachspielten, was mit Seefahrt und Sylter Kapitänsgeschichten zu tun hatte. Auf dem Vorplatz zum Hafen stand ein großer Bronzetopf. Es war die Nachbildung des Grünkohlkessels, in den Pidder Lüng einst den Amtmann von Tondern hineingedrückt hatte, als dieser

---

38 plattdt.: kleine, lustige Geschichten

den Hörnumer Fischern Steuern abpressen wollte.

Oberhalb des Hafens war ein Ort, den Hanna noch sehr gut kannte. Schließlich hatte sie dort die ersten vier Schuljahre verbracht. Die alte Hörnumer Grundschule, mit dem Weitblick über Hafen und Wattenmeer war einem schönen, bootsförmigen Bau gewichen, der seinen Bug in Richtung Hafen über die Düne reckte. An der Reling stand in großen Lettern: *Nautilus- Seefrau- und Kapitänsschule Sylt.* Hier unterrichteten erfahrene Experten, wie der Eigner des uralten Frachtenseglers *Undine.* Der hatte von Hörnum aus mit den Ecolinern die Vision einer segelbetriebenen, weltweiten Großfracht-Schifffahrt getestet und sie mittlerweile auf allen Ozeanen umgesetzt.

Links unten an der Bucht stand ein längliches Gebäude, aus dem eine Helling ins Wasser reichte. Die Bootswerft war weit über Sylt hinaus bekannt für ihre gute Qualitätsarbeit im Schiffsbau. Hier liefen Yachten, Tjalken, Mini-Ecoliner und Solarschiffe vom Stapel. Am anderen Ende der Bucht lagen eine Menge Privatboote, die überwiegend Syltern gehörten. Eine längere Seebrücke reichte von hier hinaus ins Watt, auf der die Syltbahn ihre südlichste Haltestelle hatte. Hier stiegen die Passagiere von Ausflugsfahrten und dem H_2-Gleiter, der täglich aus Hamburg andockte, direkt in die Magnet-Bahn um.

Hanna schlenderte auf die Seebrücke und stieg in den Zug nach Westerland ein. Sie musste sich für heute Abend noch fein machen und etwas besorgen.

Auf dem Weg vom Westerländer ZIB zur Pension Westwind sprang sie ins Sylter Traditionshaus Café Wien und holte sich zwei Tüten *Nougat-Meerestiere auf Schokomuscheln*. Die handgemachten Pralinen waren sündhaft teuer geworden, da sie auf der Liste der besonders zu besteuernden Genussmittel standen. Wegen des Zuckeranteils. Aber das war Hanna egal, es waren schon als Kind immer ihre Lieblingspralinen gewesen.

In der Pension führte sie ein Ortsgespräch mit Blumen-Hansen und orderte fünfundfünfzig rote Rosen mit Grußkarte für Conny Wein/ 18:55 Uhr/ Kursaal-3. Hierauf ließ sie notieren:

Ihr größter Fan seit 55 Jahren. Bitte empfangen Sie mich nach der Vorstellung in Ihrer Garderobe! Ich werde dreimal klopfen!

REINEN WEIN

Die 83-jährige Frau Wein schaute etwas irritiert auf die kleine Karte, die an dem Strauß roter Rosen baumelte. Sie bekam zwar häufig Blumen von Fans in die Garderobe geschickt, aber selten so viele und noch seltener bereits vor der Vorstellung. Was sie noch mehr irritierte, war der Kartentext ohne Signatur. Ihre Karriere als Künstlerin war doch maximal vierunddreißig Jahre alt und gerade zu Beginn nicht sonderlich von Erfolg und großer Fangemeinde gekrönt gewesen. Wer konnte so einen Unsinn schreiben? Egal, nur noch fünf Minuten bis zum Auftritt. Nach der Show würde sich die Sache schon aufklären. Eine romantische Lovestory oder ein One-Night-Stand[39] hinter der Bühne, war ja aufgrund ihres Alters nicht mehr zu erwarten. Bei dem Gedanken schaute sie in den Spiegel und schmunzelte über einige innere Bilder aus ihrer Sturm-und Drangzeit. Sie zog nochmal den Lippenstift nach und ging Richtung Bühne.

Hanna saß nicht im Publikum. Sie konnte einfach nicht. Außer der obligatorischen Weihnachtskarte pro Jahr war Sendepause zwischen ihr und Conny gewesen. Von ihrem Vater hatte sie gar nichts mehr gehört. Sie wollte die erste Begegnung mit ihrer Mutter jetzt nicht im Rahmen einer Komik-Show erleben.

---

39 engl.: kurzes Sexabenteuer

Beide hatten sich damals einfach zu tief verletzt. Hanna war gekränkt, weil die Ehe zwischen Conny und Papa Heiner, wegen eines, wie Hanna es bezeichnete, dahergelaufenen *Künstlerfreaks* plötzlich auseinander gebrochen war. Ab jenem Zeitpunkt hatte sie das Gefühl, nicht mehr im Hause Wein erwünscht gewesen zu sein. Und Conny war tief verletzt, weil Hanna sich die ersten Jahre aus Amerika nicht ein einziges Mal gemeldet oder nachgefragt hatte, wie es ihr eigentlich ging. Auch ein paar Jahre später, als sie ihr voll stolz schrieb, dass sie nun eine kleine Stiefschwester, die Jonna, habe, kam kein Lebenszeichen von Hanna.

Die Nachricht von Jonna hatte bei Hanna den Keil eigentlich nur noch tiefer getrieben. Sie war ersetzt worden, so empfand sie es zumindest. An dem Tag hatte sie bitterlich geheult, aus Selbstmitleid und auch vor Scham, weil sie ihre Schwester, die sie gar nicht kannte, aus Eifersucht ablehnte. Aber sie kam gegen diese Gefühle nicht an. Sie musste für ihren Stressjob bei CNN jederzeit abrufbar, emotional stabil und einsatzfähig sein. Hatte sie mit den Gräuelbildern ihres Jobs nicht schon genug zu tragen? Sie hielt hier in den USA ihre Privatsphäre emotionsfrei, indem sie keine Beziehungen an sich heranließ. Familiäre Nachrichten aus Deutschland, die sie hätten aus der Bahn werfen können, waren in dieser Karrierephase nicht zu gebrauchen.

Das Problem war nur: Diese Phase endete nie.

So vergingen die Jahre. Conny kannte ihre Tochter eigentlich nur noch aus den Fernsehnachrichten von CNN, die sie ab und an per Satellit empfing.

Den Weihnachtspostkarten- und Geburtstags-gruß-Kontakt nahmen Hanna und Conny ab 2025 wieder auf, nachdem Conny mit ihrer Familie zurück auf die *neue Insel Sylt* gezogen war, wie sie ihrer Tochter damals per Postkarte mitteilte.

Erst vor fünf Jahren, zu Hannas fünfzigstem Geburtstag, war das Eis zwischen ihnen etwas mehr getaut. Conny begann Hanna Briefe, statt Postkarten zu senden und zu berichten, wie sich das Leben mit dem *Meerkabarett* auf Sylt entwickelt hatte. Und sie erzählte von Jonna, die gerade ihren Master in Theaterwissenschaften mit Auszeichnung abgeschlossen hatte. Sie hatte ein Foto vom Schwesterchen beigelegt.

Brief und Foto erreichten Hanna damals in der Reha nach dem Nervenzusammenbruch. Sie war durch die Behandlungen und Gesprächskreise emotional ziemlich aufgeweicht. Das Bild von Jonna hatte sie tiefer berührt als sie es zugeben wollte. Ihr Schwester-Herz war seitdem geöffnet. So hatte sie es schließlich geschafft, ihrer Mutter einigermaßen freundlich zu antworten und sogar einen herzlichen Gruß mit Gratulation an ihre kleine Jonna beigelegt, unbekannterweise.

Seither hatten sie ein paarmal holofoniert, aber es war immer zäh und förmlich gewesen. Hanna wusste, dass die Herzlosigkeit hauptsächlich auf ihrer Seite lag. Innerlich hatten die Vorwürfe gegenüber ihrer Mutter nie nachgelassen. Insgeheim machte sie Conny sogar dafür verantwortlich, dass sie damals abgetrieben und später keinen Partner mehr an sich herangelassen hatte. Diese Logik hatte zumindest ihre amerikanische Therapeutin einmal nach einer Sitzung auf der Couch angestoßen:

»Frau Lundt, tiefenpsychologisch gesehen, haben Sie beschlossen, keine Kinder zu bekommen, weil sie unbewusst geschworen haben, dass kein Kind mehr so unter einer Trennung leiden soll, wie sie selbst. Sie haben einfach Angst, ein ebensolches Trauma am eigenen Nachwuchs zu verursachen, wie es Ihnen durch Ihre Eltern geschah.«

Das alles hatte sich seit ihrem Zusammenbruch und vor allem in den letzten Tagen auf Sylt verändert. Hanna waren ihre Anteile an dem ganzen Drama bewusst geworden und sie empfand jetzt viel Verständnis für Connys damalige Situation und Entscheidung. Sie war jetzt nicht mehr die verletzte Tochter, sondern eine autarke gereifte Frau, die ihr Leben allein gemeistert hatte und Verantwortung dafür übernahm. Sie spürte, dass sie einen gewissen Stolz dafür entwickeln durfte. Aus dieser Position konnte sie sich und Conny aus ganzem Herzen verzeihen. Sie wollte alles endlich bereinigen.

Mit diesen Gedanken spazierte Hanna gegen 20:30 Uhr über die Valeska-Gert-Promenade in Richtung Kursaal-3. Sie hörte den Applaus bis auf die Straße hinaus, unter denen sich Zugabe! Zugabe!-Rufe mischten. Dann wartete sie noch zehn Minuten und betrat das Gebäude über den Hintereingang.

Hanna brach als erste das Schweigen. Eine gefühlte Ewigkeit hatten sich Mutter und Tochter einfach nur still in die Augen geschaut, nachdem Conny beim Klopfzeichen die Tür zur Garderobe geöffnet hatte. In diesem dreiminütigen Blickkontakt war wahrscheinlich mehr ausgedrückt worden, als es in einem stundenlangen Gespräch möglich gewesen wäre.

»Mama, bitte verzeih mir, ich war blind für mein eigenes Denken und Handeln.«

Conny legte ihrer Tochter den Finger sanft auf die Lippen.

»Ich habe dir schon vor Jahren verziehen, Hanna. Was mir am schwersten fiel, war die Tatsache, dass ich dir niemals sagen konnte, wie stolz ich auf dich bin.«

Sie umarmten einander. Dann zog Hanna eine Tüte Muschelpralinen aus der Tasche und gab sie Conny.

»Oh, daran hast du gedacht? Mein Lieblings-Nougat aus deiner Kindheit, die habe ich Jahre nicht mehr gegessen.« Sie nahm eine Praline und ließ sie langsam im Mund zergehen. Hanna lief ein Schauer über den Rücken, als sie die Vision aus der Pyramide wahr werden sah.

Hanna und Conny verbrachten den weiteren Abend in *Beckers Stranderbse*, dem kultigen Abendrestaurant mit Meerblick. Soviel hatten sie einander zu erzählen!

CAMPUS SYLT

Rantum, 6. Mai 2050

Am nächsten Morgen erwachte Hanna mit einem Lächeln auf den Lippen. Sie konnte es nicht erwarten, Urdig zu sprechen, um sich für ihr Flüchten zu entschuldigen und ihm dafür zu danken, dass er sie gezielt in ihr Mutterthema gestoßen hatte. Nur deswegen hatte sich letztendlich alles so harmonisch geklärt.

An der Rezeption des Campus Sylt erfuhr sie, dass Urdig den Vormittag über in der Fakultät Embryonal-Psychologie und Pädagogik unterrichten würde. Hanna begab sich in das Labyrinth von Plätzen, Nischen, Arenen, Hörsälen und Seminarräumen, die über eine große Wiese verteilt und von Wäldchen umgeben waren.

Sie betrachtete einen bunten Wegweiser aus Strandholz-Pfeilen. Ganz oben stand auf einem Schild: SPIELRÄUME DES CAMPUS SYLT. Die Pfeile zeigten in unterschiedliche Richtungen.

SPIELRÄUME DES CAMPUS SYLT

· *Bewusstes Leben und Sterben, holistische Medizin*
· *Yoga, Philosophie und Psychologie der Buddhas*
· *Embryonal-Psychologie und Pädagogik*
· *Körpertherapien und Wassersport*
· *Kommunikation, Design, Fengshui und Geomantie*
· *Permakultur, ökologischer Landbau und Tierpflege*
· *Nautik, Ozeanographie, Boots- und Boardbau*
· *Meeres- und Inselökologie, Globaler Umweltschutz*
· *Humane Technik und Kommunikation, Energieerzeugung, und bewusstes Wohnen*
· *Sprachen der RIF-Partnernationen*
· *Musik, Tanz, Theater und bildende Künste*
· *Sanftes Wirtschaften, sanfter Tourismus*

Hanna folgte den Pfeilen Embryonalpsychologie und Permakultur, die beide in eine Richtung zeigten. In einer der, wie Amphitheater gestalteten Arenen, sah sie viele Leute auf den Rängen im Freien sitzen. Sie lauschten aufmerksam den Ausführungen eines Professors. Die Lehrkräfte hießen im Campus-Slang *Scouts*[40].

Hanna hörte kurz zu:

»Wir schaffen Lebensräume, in denen das Zusammenleben von Menschen, Tieren und Pflanzen so miteinander kombiniert wird, dass die Bedürfnisse

---

40 engl.: Pfadfinder

aller Elemente soweit wie möglich erfüllt werden. Bei der Gestaltung solcher Systeme werden Erkenntnisse aus Systemtheorie, Biokybernetik und Tiefenökologie angewandt. Unser Ziel ist die Erhaltung und schrittweise Optimierung, um ein sich selbst regulierendes Ganzes zu schaffen, das höchstens minimaler Eingriffe bedarf, um dauerhaft in einem dynamischen Gleichgewicht zu bleiben. Dabei stehen sich die Befriedigung kurzfristiger Bedürfnisse und die nachfolgender Generationen gleichwertig gegenüber. Unser Vorbild sind Selbstregulationsprozesse in Ökosystemen wie etwa Wäldern, Seen und Ozeanen ...«

Hanna stupse ihren Sitznachbar an und fragte,

»Was ist das denn für eine Vorlesung?«

»Das ist Sylter Heimatkunde mit Scout Hansen. Er erklärt gerade das Planungssystem, das unserer Inselgemeinschaft zu Grunde liegt.«

»Hört sich ganz schön verkopft an.«

»Das täuscht ein bisschen«, flüsterte der Student.

»Unsere bevorzugte Lernmethode ist das Action Learning, was soviel heißt, dass Denken und Handeln sich abwechseln. Hier ist gerade der Denker gefordert. Aber später werden wir alle auf einem Acker der ZAS stehen und dort das, was er gerade gesagt hat, direkt in manuelle Arbeit umsetzen.«

Professor Hansen fuhr fort:

»Es ist völlig egal, ob wir die Sylter Landwirtschaft, die Ernährung, den Tourismus, den Bau unserer Häuser nehmen, die Ethik unserer Permakultur ist in allen gesellschaftlichen Bereichen unsere Richtschnur. Dazu zählen drei Prinzipien:

- *Prinzip 1:* Achtsamer Umgang mit der Inselnatur – diese ökologische Ausrichtung zielt auf den behutsamen und vorausschauenden Umgang mit den natürlichen Lebensgrundlagen, die ein Geschenk der Erde für alle Lebewesen sind. Um nachhaltig zu leben, sollen die natürlichen Stoff- und Energiekreisläufe bewusst und langfristig eingeplant werden.

- *Prinzip 2:* Achtsamer Umgang mit Mensch und Tier – dieser soziale Schwerpunkt wird auf die Selbstbestimmungsrechte aller Inselbewohner, Arbeitskräfte und Urlauber gelegt. Alle Sylter und Mitarbeiter sollen das gleiche Recht auf Zugang zu den insularen Lebensgrundlagen haben, wie ausreichend Wohn- und Wirtschaftsfläche, gesunde Lebensmittel, gesundes Trinkwasser, Strom, Wasserstoff, ungehinderten Zugang zu Meer und Strand. Auch Tiere werden geachtet und nicht wie Dinge und Produktlieferanten behandelt, die man nach Belieben ab- und ausschlachten kann. Wildtieren wird der Lebensraum in artgerechter Qualität gewährt, der im Jahreszyklus für die gesunde Entwicklung des Bestands erforderlich ist. Zum Beispiel ungestörte Naturbereiche zur Brut, Aufzucht, Nahrungssuche und Rast.

- *Prinzip 3:* Selbstbegrenzung (*RIF*-Wachstumsrücknahme) und Überschussverteilung – diese ökonomische Komponente leitet sich von dem eingeschränkten Raum und der begrenzten Belastbarkeit und Regenerationsfähigkeit der Insel und unserer Erde insgesamt ab. Die Sylter sollen lernen, eine zukunftsfähige Selbstbegrenzung in Bezug auf die Befriedigung ihrer Bedürfnisse auszuüben, als Einzelne und als Gemeinschaft. Gemeinsam erzielte Überschüsse sollen verteilt werden. Letzteres bezieht sich auch auf die Rückführung in natürliche Kreisläufe. Damit schließt sich der Kreis zu Prinzip 1 und 2., bzw. überschneiden sich die drei ethischen Aspekte.

Unsere Kultur ist also von permanent zirkulierenden, sich gegenseitig erhaltenden Kreisläufen bestimmt.

Wir Sylter sehen uns ethisch verpflichtet, nachfolgenden Generationen einen größtmöglichen Gestaltungsspielraum zu gewährleisten. Naturlandschaft, Boden, Wasser, Meer und alle anderen lebenserhaltenden Ressourcen sollen langfristig bewahrt werden.«

Hanna war beeindruckt. Da sie Urdig treffen wollte, verließ sie die Arena und fand ihn im Oktagon, einem achteckigen Kuppelbau, der etwas erhöht auf Stelzen stand und einen wunderbaren Blick über den Nationalpark Wattenmeer freigab. Im Raum saßen und lagen dreißig bis vierzig Studenten aller Altersgruppen auf Matten und Kissen.

Hanna schlich sich leise dazu und entdeckte Urdig in einem bequemen Sessel, aus dem er über Sylter Lebensphilosophie dozierte:

»Unsere Gesellschaft ist durch einen Goho-induzierten Transformationsprozess gegangen. Im Laufe der nachfolgenden Reinigungsriten trat ein ganz wesentlicher Faktor zu Tage: Denken und Handeln in der vorrevolutionären Zeit war für jedes Individuum vor allem angstgeprägt. Es war Existenzangst, die hinter der Energie stand, immer mehr haben oder sein zu wollen.«

»Woher rührte denn diese Angst?« fragte eine Studentin.

»Sylt war doch ein Ort des Wohlstandes und, relativ zum Rest der Welt gesehen, ein Hort der Sicherheit.«

»Das stimmt«, antwortete Urdig. »Die Angst, nicht genug zu bekommen, war völlig irrational. Tiefenpsychologisch lag die Wurzel dieser Furcht in einem Selbstbild von Abhängigkeit und Hilflosigkeit begründet. Inzwischen wissen wir, dass diese Angst auf traumatischen Erfahrungen rund um die Geburt beruht, und dass sie folglich in jedem Menschen angelegt ist. Sie wird aber deutlich verstärkt, wenn der Geburtsprozess unter unnatürlichen Rahmenbedingungen verläuft oder Komplikationen auftreten. Leider galt das vor der Wende praktisch für fast jede Entbindung.

Im 20. Jahrhundert hatte sich der ganz natürliche Geburtsprozess von Menschen zu einer Art Krankheit gewandelt. Schwangere Frauen mussten zur Entbindung ins *Kranken*haus und sich einem routiniert ablaufenden, technischen Prozedere hingeben, das sich keineswegs als ein sanftes Willkommensritual für ein Neugeborenes darstellte. Gestresste Ärzte und Helfer, meist von der Angst begleitet, nach dem kleinsten Fehler verklagt zu werden, setzten die Bedingungen für solch eine hektische technisierte Geburt: beruhigende, schmerzstillende Medikamente für die Mutter, um sie stillzulegen, grelle Beleuchtung, um gut sehen zu können, antiseptische Vermummung, medizinisch-technische Gerätschaften, die in einem gekachelten Raum zum Einsatz kamen, der eher an ein Schlachthaus, als ein Geburtshaus erinnerte.

Nach dem erschöpfenden Weg durch den Geburtskanal wurden die Babys an den Beinchen hochgezogen, abgeklatscht und dann von der lebensspendenden Gebärmutter plötzlich und ohne Vorwarnung abgeschnitten. Es folgte der erste radikal erzwungene, Atemzug als schmerzhafte, lebensrettende Notmaßnahme. Dann legten die Ärzte das Neugeborene auf eine kalte Waage, als handele es sich um drei Pfund Gehacktes. Anschließend tropften sie ätzende Silbernitratlösung in die Babyaugen, vorsorglich, gegen Keime. Darauf folgte eine Serie von unangenehmen Untersuchungen, um die Lebenstauglichkeit des Neugeborenen innerhalb der ersten vierundzwanzig Stunden zu testen. Nicht selten trennten Ärzte die Säuglinge unmittelbar nach der Geburt von der Mutter, um solche Agpar-Tests durchzuführen. Keine halbe Stunde nach der Geburt erhielt jedes Neugeborene bereits Punkte für seine Leistungsfähigkeit.

So lief ein absolut durchschnittlicher Geburts-
vorgang im Kreißsaal des 20. Jahrhunderts ab. Wenn
Schwierigkeiten auftraten, kam noch ein ganzes
Arsenal aus der Gerätemedizin hinzu, um den kleinen
Menschen mit Gewalt ans Licht der Welt zu bringen.
Entweder durch den natürlich vorgegebenen Kanal
oder, vielleicht auch, weil es besser in den Terminka-
lender der Mutter passte, per Kaiserschnitt herausge-
rissen.

Heute wissen wir, Dank der umfassenden Hirn-
und Embryonalforschung der vergangenen vierzig
Jahre, dass bereits das Ungeborene im Mutterleib
hoch sensibel auf seine Umgebung und die Gefühle
der Mutter reagiert. Bereits ab der dritten Schwan-
gerschaftswoche kann der Embryo hören. Sein
Geschmacks- und Tastsinn ist ebenfalls schon im
Mutterleib aktiv. Auch energetisch empfängt das Ungeborene Stimmungen der Mutter und ihres Umfelds.

Schon im Uterus werden alle Erfahrungen, die das
werdende Leben aus seinem eingeschränkten Blickwinkel machen kann, als innere Bilder abgespeichert.
Diese sinnlichen 3-D-Fotos, die vor allem in Bezug
auf die Geburt und die folgenden Monate von Hilflosigkeit, Abhängigkeit, Verletzung und Todesangst
künden, sind für immer verfügbar und bleiben abrufbar im unterbewussten Archiv des späteren Erwachsenen.

Das Neugeborene ist ja tatsächlich die ersten Jahre völlig hilflos und abhängig von anderen. Schließ-

203

lich kann sich ein Neugeborenes monatelang kaum bewegen, es sieht nur unscharf und kann nichts für sich selbst tun. Es braucht andere Menschen, um zu überleben. Dieses unsichere Selbstbild, das durch den Geburtsprozess und die anschließende Prägezeit entsteht, ist die Ursache der menschlichen Existenzangst.

Damit das Überleben gesichert ist, muss das Baby frühzeitig beginnen, Strategien zu entwickeln, Personen an sich zu binden, um die lebenswichtigen Dinge rechtzeitig zu bekommen. Passiert das nicht, stirbt ein Neugeborenes nach wenigen Stunden.

Strategie Nummer eins ist wahrscheinlich Schreien und Zusammenziehen. *Wenn ich schreie, kommt jemand*, ist eine der Basiserfahrungen. Ein anderes Baby lernt vielleicht: *wenn ich mich tot stelle, kommt jemand*. Ein weiteres lernt, dass ein Lächeln den gewünschten Erfolg bringt. So beginnen sich die Facetten der Persönlichkeit zu entwickeln und das geschieht ganz programmatisch aus der Angst heraus, zu sterben. Diese zunächst berechtigte Existenzangst könnte komplett verschwinden, wenn der Mensch aus der Babyphase heraus gewachsen ist und sich selbst die überlebenswichtigen Dinge wie Wasser und Nahrung beschaffen könnte. Das ist etwa ab sechs, sieben Jahren möglich. Es gibt tatsächlich solche Kinder in Entwicklungsländern, die in dem Alter schon selbst ihr Überleben sichern.

Leider weist unser Biocomputer einen kleinen Konstruktionsfehler auf und bleibt an diesen Bildern bis ins hohe Alter hängen. Diese gespeicherten Erfahrungen werden vom Unterbewusstsein zu inneren Filmen zusammengesetzt. Wenn im Alltag zufällig ein Auslöser von außen kommt, spulen sie unbewusst, wie in einem Kino unter Einbeziehung zahlreicher Sinneseindrücke ab. Wir glauben dann, dass der innere Film eine hier und jetzt real ablaufende Situation darstellt. Entsprechend reagieren wir verstört aus der Mentalität eines Kleinkindes auf Situationen, die für einen Erwachsenen leicht zu regeln wären.

Die permanente, unterschwellige Existenzangst wirkt auf unser Alltagsleben wie ein *Schwarzes Loch* im Universum. Dieses Loch zieht magnetisch alles an, was in seine Nähe kommt und verschlingt es. Es kreiert die Energie des Wünschens und Habenwollens, die Energie nach mehr, die letztendlich in Sucht und Gier umschlagen kann.

Wir kaufen uns Sachen, obwohl wir bereits alles haben. Wenn wir etwas Neues angeschafft haben, hat es seinen Reiz für wenige Tage und dann wird es schon wieder uninteressant. Es verschwindet im *Schwarzen Loch*. Wir nehmen gar nicht mehr wahr, dass wir es haben und fangen wieder an, noch mehr zu kaufen. Das gleiche Spiel gilt für die Karriereleiter. Wir wollen immer höhere Ziele erreichen. Wir schaffen eine Prüfung mit viel Aufwand, aber wir feiern nicht wirklich, was wir geschafft und geschaffen haben. Es befriedigt uns nicht wirklich tief, weil da immer noch die Saugenergie des *Schwarzen Lochs* der Existenzangst ist. Du kannst Geschenke, Diplome, Urkunden, Pokale, Fahrräder, Waschmaschinen, neue Autos, ganze Häuser in dieses *Loch* werfen. Glücklicher wirst du dadurch nicht.

Von dieser Krankheit waren vor der Wende fast alle Sylter befallen. Wie hätte es auch anders sein können? Wir waren ja gemeinsam unter ähnlichen Bedingungen im 20. Jahrhundert geboren und konditioniert worden. Ohne Goho und die Reinigungsrituale, wären wir aus der sich selbst verstärkenden Negativspirale wohl auch nicht herausgekommen.«

»Aber was stoppt denn diesen furchtbaren Kreislauf? Wer kann das Loch schließen?«, hakte die Studentin nach.

Urdig erhob sich. »Wenn wir das *Schwarze Loch* flicken wollen, müssen wir uns der ungelösten, ursprünglichen Konflikte und Traumata der ersten vier Lebensjahre und der Schwangerschaft bewusst werden. Wenn wir hin- statt wegschauen, kann die Energie der achtsamen Gegenwärtigkeit die Verletzungen der Vergangenheit heilen, und das *Schwarze Loch* schließt sich Stück für Stück.«

»Und was passiert dann?«

»Dann lässt diese saugende Gier nach. Schließt sich das Loch weiter, verwandelt sich Gier in Dankbarkeit. Anstatt uns permanent bedürftig zu fühlen, sehen wir plötzlich, was wir alles schon besitzen, wie gut es uns eigentlich geht. Wir beginnen unsere Welt mehr und mehr zu schätzen. Wir verlieren unsere

Angst und Scheu und sind in der Lage umzudenken, neue Wege zu gehen und neue Erfahrungen zu erlauben. Das lässt uns aufmerksam und präsent werden für die kleinen Kostbarkeiten des Lebens, eine schöne Blume, das Lächeln eines Kindes, ein erfrischendes Bad im Meer oder einen Strandspaziergang. Und das lässt noch mehr Dankbarkeit entstehen.

Letztendlich neutralisiert die Dankbarkeit den alten, schmerzhaften Film des Unterbewusstseins, der nur von Hilflosigkeit und Abhängigkeit handelt. Wenn das eintritt, lassen die Existenzangst und damit die Wunschenergie nach. Wir sind wunschlos glücklich im Hier und Jetzt. Das Drama ist zu Ende. Wir sind zu Hause angekommen.

Das Anschauen und die Transformation der alten, abgespeicherten Bilder von Kindheits-Traumen ist die innere Arbeit, die von jedem persönlich geleistet werden muss. Wir alle haben das im Laufe der Wende durchgemacht, ob in Schwitzhütten, Therapiesitzungen, Gestaltgruppen oder Klarheitsprozessen. Die ganze Inselbevölkerung war durch die homöopathische Wirkung des Goho-Saftes bereit gewesen, diesen heilsamen Weg zu gehen.

Danach haben wir die Ärmel hochgekrempelt und mit der Energie von Dankbarkeit das neue Sylt aufgebaut. Priorität Nummer eins war logischerweise der Aufbau eines Geburtssystems, indem nach den neuesten Erkenntnissen der Embryo-Psychologie und Hirnforschung der Geburtsprozess optimal sanft gestaltet ablaufen konnte. Dies beinhaltete ganzheitlich und medizinisch ausgebildete Hebammen und Gynäkologinnen, die möglichst Hausgeburten durchführten. Zusätzlich entwarfen wir ein optimales Geburtszentrum, in dem Mütter komplizierte Fälle nach ganzheitlichen Methoden gebären konnten. Natürlich waren dort auch Meerwassergeburten möglich.

Priorität Nummer zwei lag auf einer optimalen Unterstützung des Wachstumsprozesses von der Wiege bis zum Uni-Abschluss. Nicht im Sinne von Wissensvermittlung, sondern als umfassende Lebensbildung. Besonderes Augenmerk legten wir auf eine angemessene Babyentwicklung. Hinsichtlich einer gesunden kindgerechten Ernährung, und vor allem, was die geistig-psychische Entwicklung anging.

Junge Mütter und Väter erhielten optimale Unterstützung, um möglichst viel Zeit mit ihrem Nachwuchs verbringen zu können. Ihnen stand ein effektives familientherapeutisches Beratungssystem zu Umgang und Erziehung von Kleinkindern und Konfliktlösung in der Eltern-Beziehung zur Verfügung.

Der Übergang von Kleinkindern in die Kita oder den Kindergarten wurde sanft und schrittweise gestaltet, den Bedürfnissen des individuellen Kindes angemessen. Kindergärten konzipierten Erlebnispädagogen als Wald-, Watt- und Strandkindergärten. Der Schwerpunkt lag auf aktivem Naturerleben und dabei nicht nur auf der Vermittlung von Wissen und Zusammenhängen, sondern auf tiefenökologischem

Ansatz.

Das heißt, wir vermitteln den Kindern, dass sie gleichberechtigte *Gewächse* dieser lebendigen Mutter Erde sind. Gaia oder Pachamama[41] trägt und ernährt uns alle. Sie führt uns sicher auf der richtigen Bahn des Universums. Alles ist miteinander verbunden und jedes Teil ist so wichtig wie das Ganze. Dies haben wir damals von unseren schamanischen Freunden aus dem brasilianischen Regenwald gelernt.

Die Basis unserer Erziehung ist Liebe und nicht Angst. Anstelle von Prüfungen und Noten setzen wir auf Ermutigung und die natürliche Entfaltung des individuellen Potentials eines jedes Menschen. Wenn man die naturgegebene Intelligenz eines Babys von Beginn an spielerisch fördert, interessieren sich Kinder beim Aufwachsen ganz von allein für Themen, die ihnen begegnen. Sie lernen, um ihre Impulse und Interessen unmittelbar umsetzen zu können und nicht, weil andere meinen, dass sie ein bestimmtes Wissen in ferner Zukunft eventuell brauchen könnten.

Die herkömmliche Schule war ein Modell von Vorgestern. Es zielte damals darauf ab, kleine Menschen von Anfang an zu konkurrierenden Leistungsträgern zu formen und in ein festgelegtes Schema zu zwängen. Sie sollten effizient in oft künstlichen Arbeitswelten funktionieren und das Bruttosozialprodukt steigern. Dieses Schulsystem schafften wir sofort

41 Ausdrücke für *Mutter Erde*

ab. Es lag ohnehin in seinen letzten Zügen. Es war zu einem trägen Beamtenapparat verkommen, der kranke und alte Lehrer bis zum bitteren Ende mit durchzog. Junge Lehrer fühlten sich schnell überfordert und ausgebrannt, scheiterten mit ihrem Enthusiasmus am verstaubt schwergängigen System.

Unsere pädagogischen Grundsätze haben wir in einige kurze Leitsätze[42] zusammengefasst:

· *Gebt den Kindern die Gelegenheit, sich selbst zu entdecken.*
· *Lasst Kinder Triumph und Niederlage erleben.*
· *Gebt ihnen die Gelegenheit sich hinzugeben.*
· *Sorgt für Zeiten der Stille.*
· *Übt Phantasie.*
· *Erlöst die Söhne und Töchter reicher und mächtiger Eltern von dem entnervenden Gefühl der Privilegiertheit.*

Mit Hilfe unserer kreativ-unterstützenden Pädagogik ist inzwischen eine neue Generation entstanden. Die ersten Kinder, die so aufgewachsen sind, wie ich es gerade beschrieb, sitzen bereits hier im Saal. Sie müssten um die 25 Jahre alt sein.

Ich denke alle, die hier zuhören wissen, wie sehr sich der Aufwand gelohnt hat. Es sind wunderbar

---

42 Quelle: Jugendbildungsstätte T.W., Juist

natürliche, offene, tolerante, achtsame und kreative Erwachsene aus ihnen geworden. Auch wirtschaftlich war es lohnend. Das, was wir an Budget in die Geburt und neue Erziehung gesteckt haben, sparen wir heute bei der Polizei, den Gefängnissen und den psychotherapeutischen Anstalten. Krankheitsbedingte Arbeitsausfälle sind recht selten, von Burnout spricht hier auf Sylt keiner mehr, es sei denn, es geht um die Urlauber vom Festland.«

Die Studenten klopften vor Begeisterung auf ihre Unterlagen und verließen lachend und angeregt das Oktagon. Hanna blieb sitzen und wartete, bis die Letzten gegangen waren. Gerade als sie aufstand, drehte sich Urdig zu ihr um und sagte:

»Hanna, wie schön, dass du zugehört hast! Wie geht es dir?«

»Oh, mir geht es prächtig. Ich wollte mich bei dir bedanken und entschuldigen.«

»Entschuldigungen sind nicht nötig«, sagte Urdig. »Mir war klar, dass mein kleiner Trick, dich zum Plakat deiner Mutter zu führen, gewisse Fluchttendenzen auslösen würde. Insofern müsste ich um Verzeihung bitten. War alles geplant. Ich bin froh, dass ihr euch ausgesprochen habt, denn ich sah, wie Conny die letzten Jahre unter der Sache litt. Sie ist, genau wie ich, nicht mehr die Jüngste und wenn du in unserem Alter bist, hast du ein großes Interesse daran, die wichtigen Konflikte deines Lebens noch zu bereinigen. Schließlich will keiner mit schlechtem Karma sterben.«

Hanna zuckte zusammen. So hatte sie das noch gar nicht gesehen.

»Was meinst du mit schlechtem Karma?«

»Darunter verstehen wir das Gesetz von Ursache und Wirkung. Alles was du tust oder denkst hat eine Wirkung auf dich und andere. Vor allem auf deinen eigenen Weg. Das hört nicht auf, nur weil irgendwann dieser Körper stirbt.

Wenn du merkst, dass du viel mehr als der Körper bist, kommt die Frage auf, wie du stirbst und was dann passiert. Niemand kann das umfassend beantworten, aber es gibt inzwischen doch eine Menge Hinweise von Menschen, die dem *Sensenmann* wieder von der Schippe gesprungen sind und ihre Nahtod-Erfahrung geschildert haben. Erstaunlicherweise decken sich die Aussagen dieser Menschen. Im Kern des Erlebens steht nicht etwa Horror und Schmerz, sondern ein erhebendes Gefühl von Licht und Liebe. Viele dieser Leute wachten nach einer Operation heulend auf. Nicht weil ihnen alles weh tat oder aus gerührter Dankbarkeit gerettet worden zu sein, sondern weil sie so gern weitergegangen wären, anstatt zurückgeholt zu werden.

Offenbar sind wir nicht einfach Menschen, die eine göttliche Erfahrung machen dürfen, sondern im Grunde göttliche Wesen, die hier auf Erden eine menschliche Erfahrung machen. Diese irdische Erkundung ist nach einer gewissen Zeit zu Ende. Dann stirbt der Körper. Was dann mit der Seele geschieht, könnte von dem Denken und Verhalten abhängig sein, das du im Körper bevorzugt lebtest. Warum auch nicht, denn zu Lebzeiten ist es ja bereits schon so. Das Gesetz von Ursache und Wirkung greift jetzt schon und später weiter, eben weil es die Seele und nicht die Materie betrifft. Es geht in diesem Universum offenbar um das Reifen der Seele mit Hilfe von unterschiedlichsten Erfahrungen, die sie erleben darf. Konflikte zu meiden, Dinge nicht anzuschauen und zu klären, bedeutet Stillstand in diesem Reifeprozess.

Hieraus ergibt sich die Überlegung, dass es hilfreich ist, Verstrickungen und Verletzungen, Schuld- und Schamthemen, Familiengeheimnisse und in Sackgassen geratene Beziehungen aufzudecken. Das gilt natürlich für das ganze Leben, aber im Alter besonders, da keiner weiß, ob die Klärung dieser Dinge ohne Körper noch so ohne weiteres möglich ist. Jetzt in diesem Körper sind wir handlungsfähig, können fühlen, sehen, riechen, schmecken und uns aussprechen. Das ist das Geschenk unseres kurzen Lebens. Wenn wir unsere irdischen Angelegenheiten bereinigt haben, können wir unbeschwert und glücklich ins Licht gehen.«

Hanna lief ein Schauer über den Rücken, sie spürte förmlich diesen inneren Wachstumsschub, der durch die Klärungen der letzten Tage bei ihr ausgelöst worden war. Sie war so dankbar dafür und umarmte Urdig ganz spontan.

Dabei dachte sie an ihre Mutter und sandte ihr in Gedanken ein großes Herz aus Licht.

»Komm morgen um sechs Uhr früh zur Pyramide«, flüsterte Urdig und verschwand.

QLB

Rantum, 7. Mai 2050

Hanna tauschte ihren NeoFrott mit der Meditations-robe und betrat den großen Saal der Pyramide. Urdig stand am Mikro. Vor ihm bewegte sich eine Gruppe Meditierender zu einer Schüttelmusik.

Gerade wurde die Musik leiser und Urdig sagte zu den etwa vierzig Anwesenden:

»Ihr könnt euch jetzt hinsetzen«. Fast alle nahmen auf kleinen, festen Meditationskissen Platz, einige Äl-tere griffen sich einen Stuhl. Hanna setzte sich mit in den Kreis, rund um den zentralen Bergkristall, und Urdig befand sich am Mischpult der Musikanlage. Seine Stimme klang angenehm über die Lautsprecher.

»Willkommen zur Quantum Light Breath[43] Atem-meditation. Strecke deine Wirbelsäule ein wenig nach oben, drücke das untere Kreuz leicht nach vorne und zieh das Kinn ein bisschen ein. Die Arme hängen ein-fach von den Schultern hinunter und die Hände lie-gen locker auf den Oberschenkeln.

Erlaube es deinen Augen, sich zu schließen und nach innen zu schauen. Spüre die Präsenz und Zen-trierung, die dir diese Körperhaltung verleiht. Nun

---

43 Quantum Lichtatmung

richte die Aufmerksamkeit auf deinen Atem. Beobachte, wie der ein- und ausströmt. Bleibe während der ganzen Stunde mit Deiner Aufmerksamkeit immer beim Atem und lass Gedanken, Bilder, Tagträume und Erinnerungen vorbeiziehen, wie Wolken am Himmel. Wir wollen unser Energiefeld aufbauen.«

In dem Moment schob Urdig den Volumen-Regler am Mischpult leicht nach oben und sphärische Entspannungsmusik erklang in der Pyramide. Eine Welle von aufmerksamer Erregung durchlief Hannas Körper.

»Beginne nun mit dem verbundenen Atem, lass das Einatmen in das Ausatmen übergehen. Halte den Körper ganz entspannt, selbst wenn du dich ein wenig anstrengen musst, um tiefer und tiefer zu atmen. Lass dich expandieren.«

Hanna spürte nach einigen Minuten der zirkulären Atmung, dass ihr Körper an manchen Stellen etwas kribbelte und sich ihre Schmerzen im oberen Rücken mit leichten Stichen meldeten.

Als hätte Urdig ihre Gedanken gelesen, kam seine Stimme:

»Wenn ungewöhnliche Körpergefühle auftreten, wie Kribbeln oder Taubheit, oder sich Schmerzpunkte melden, sei dir klar, dass dies Blockaden in deinem Energiekörper sind, die durch das verstärkte Atmen nun angeregt werden. Wenn du weiter atmest und die Energie hältst, besteht eine gute Chance, dass sich die Blockade und damit der Schmerz auflöst.«

Also schnaufte Hanna weiter. Sie hatte das Gefühl, auf einer Atemwelle zu reiten. Urdigs Worte unterstützten dieses Bild:

»Der Atem ist dein Freund. Du weißt, dass du ohne ihn nicht lange überleben kannst. Deshalb trinke mit jedem Atemzug das Leben ganz tief ein. Jede frische Atemwelle bringt nicht nur Sauerstoff, sondern auch Prana, Chi, Lebensenergie und damit Vitalität, Gesundheit, Reinigung. Verteile die Lebensenergie in alle Bereiche deines Körpers und fühle die erfrischende Welle in sämtlichen Poren und Zellen.«

Mit weichem Übergang veränderte sich die Musik in ein Klassikstück das sie kannte. Das *Air* aus der 3. Orchestersuite in D-Dur von Johann Sebastian Bach versetzte sie in eine schmelzend-traurige Stimmung. Sie vernahm Urdigs Worte wie durch einen Schleier:

»Weiter atmen, weiter atmen. Wenn du weinen, schreien oder lachen musst, lasse das geschehen, aber steige nicht in die Geschichten ein, die dazu hochkommen.«

Hanna spürte, wie ein Schwall von Traurigkeit aufstieg, verbunden mit einigen Bildern aus ihrer Kindheit und aus der Zeit ihrer Beziehung zu Aaron, die Zeit der Abtreibung. Die Tränen flossen ihr über die Wangen, aber sie empfand eine ungewöhnliche Distanziertheit zu diesen Erinnerungen. Es war wieder so, als würde sie sich selbst beim Weinen zuschauen.

»Bleibe mit der Aufmerksamkeit immer bei deinem Atem«, hörte sie Urdig.

Inzwischen hatte die eingespielte Musik an Tempo gewonnen und sich in rockige Rhythmen verwandelt. Sie unterstützten den deutlich kräftigeren Atemrhythmus, in den die ganze Gruppe gefallen war. Die Stimmung schlug von Traurigkeit in Wut um und bei vielen lösten sich Schreie, bei manchen ein lustvolles Lachen, während sie in aufrechter Haltung gemeinsam, kräftig zur recht lauten Instrumentalmusik schnauften.

Hanna glaubte eben noch, nicht intensiver atmen zu können, als sich plötzlich etwas im Bauchbereich öffnete und sie auf ein ganz neues Energieniveau katapultierte, auf dem sie Stunden hätte weiter schnaufen können. Die gefühlvollen Musikstücke stießen eine Menge alter Filme bei Hanna an, die auf einmal vor ihrem geistigen Auge vorbeizogen. Bilder von alten Verletzungen, Scham- und Schuldgeschichten, Trennungsschmerz und was sich alles im Laufe eines Lebens an Ungemach in jedem Menschen ansammelt und im Unterbewussten überdauert.

Ihr Oberkörper schwang im Rhythmus der kräftigen Zirkuläratmung. Sie schrie und heulte nochmal aus vollem Hals gegen die Trommelmusik und die Lautstärke der Gruppe an. Gleichzeitig vergaß sie alle körperlichen Schmerzen und hatte die Empfindung, wie ein Michelin-Männchen kraftvoll aufgeblasen, also deutlich größer zu sein als ihre sichtbaren Körpergrenzen.

Die Musik steigerte sich in einem Crescendo und die Gruppe verschmolz in der gemeinsamen Welle des chaotischen Power-Atmens – bis auf dem Höhepunkt der Energie die Musik mit einem Paukenschlag endete und Urdigs Stimme ertönte:

»Jetzt lass deine Atmung ganz langsam werden, aber dafür besonders tief in den Bauch und hoch in die Lungenspitzen strömen. Atme jetzt ganz präsent und majestätisch.«

Unter den Klängen von wunderbar fließender Klaviermusik, die orchestral begleitet war, stellte sich ein erhebendes Gefühl der Weite und Ekstase ein. Hanna sah die Zusammenhänge und den roten Faden in ihrem Lebensweg. Sie sah, dass sich alles gelohnt hatte und welchen Preis sie zahlte und fühlte sich augenblicklich stark und voller Dankbarkeit. Die Musik wechselte zu *Guardians of the Clouds* von Ennio Morricones *The Mission*. Ihr Energiefeld weitete sich aus mit jedem Atemzug. Sie fühlte sich größer und transparenter werden.

Ein mächtiger Adler kreiste in ihrem inneren Bild und ein weißer Hengst scharrte mit den Hufen. Mit einem Mal sah sie sich von oben aus einer Deckenperspektive mit all den anderen im Kristallzirkel der Pyramide sitzen. Die Arme zum Himmel gereckt und in gleißend helles, goldenes Licht getaucht. Zwischen ihr und dem dort unten atmenden Körper verlief ein silbriges Lichtband, das wie eine Nabelschnur wirkte, jedoch am Hinterkopf einmündete.

Urdigs ruhige, weiche Stimme drang tief in sie ein. Sagte er die Worte jetzt in diesem Augenblick, oder kamen sie aus ihrem eigenen Energiefeld?

»Du bist ein göttliches Wesen, das eine menschliche Erfahrung machen darf. Nutze dieses seltene Geschenk des Universums und feiere deine Lebendigkeit in jedem Augenblick.« Während ihr Körper sich am Boden unter dankbarem Schluchzen schüttelte, beobachtete sie *von oben* ganz gelassen die Szenerie. Unterdessen wechselte die musikalische Stimmung zu einer Orchesterversion von *Wind of Change* und Urdigs Stimme wurde wieder etwas fester:

»Lass die alten Babystrategien fallen und trau dich, in deine erwachsene Kraft zu gehen. Sei bereit, jeden Moment einen neuen Weg zu finden und lasse die alten Bilder hinter dir. Die Vergangenheit existiert überhaupt nicht. Jetzt kannst du ganz neu sein, ganz frisch – und das Leben genießen.«

Die Musik wurde ruhiger und entsprechend auch das Atmen. Hanna war jetzt wieder eins mit ihrem Körper und fühlte sich entspannt, wohlig erschöpft und doch tief genährt. Sie hatte jetzt das erfahren, was Urdig gestern auf dem Campus Sylt angesprochen hatte: Sie war nicht nur der Körper und der Verstand dieser kleinen, ausgebrannten Korrespondentin, für die sie sich selber hielt. Sie war eins mit etwas viel, viel Größerem.

POWER UNITS

List, 8. Mai 2050

Hanna Lundt erlebte die Woche auf Sylt wie im Zeitraffer. Nun stand plötzlich das Ende ihrer Insel-Recherche bevor. Sie hatte jedoch noch einige Fragen auf dem Zettel und manche Orte im Kopf, die sie für ihre Reportage über das neue Sylt unbedingt anschauen wollte. Durch ihre persönlichen inneren Entwicklungssprünge war die journalistische Arbeit in den vergangenen Tagen ziemlich in den Hintergrund gerückt. Aber heute wollte sie sich wieder gezielt darauf konzentrieren.

Urdig hatte ihr einen Termin mit Finn Falck vermittelt, dem Leiter der *RIF*-Forschungsstation am Nordende Sylts. Dr. Falck hatte versprochen, mit ihr auf der SOS-Solea zu einem der Power-Units hinaus auf See zu fahren.

»Wir überqueren jetzt den 54. Breitengrad«, tönte es durch die Syltbahn.

Durch einen Schleier von Müdigkeit und Traumwelt erwachte Hanna Dank der lauten Ansage aus dem Schlaf. Sie musste zwischen Hörnum und Rantum eingenickt sein.

Hanna brauchte ein paar Sekunden, um zu begreifen, dass sie auf der Bahnfahrt intensiv geträumt hatte. Ja, alles war Wirklichkeit. Sie war tatsächlich auf Sylt.

Gerade tauchte die Bahn in einen gläsernen Tunnel ein, der teilweise vom Sand der großen Lister Wanderdüne überdeckt war. Mehr als einen halben Kilometer schwebte der Zug durch die Röhre. Teils unter Sandmassen hindurch, teils durch Abschnitte, wo der Blick noch frei über die ockerfarbene Dünenlandschaft schweifen konnte.

Schließlich hielt die Syltbahn am Hafen List, nur wenige Schritte vom Kai des *RIF*-Institutes entfernt. An der Gangway der SOS-Solea stand ein schlanker, braungebrannter gutaussehender Mitvierziger im marineblauen NeoFrott, der Hanna die Hand reichte, um ihr an Bord zu helfen.

»Willkommen, Frau Lundt!«, rief Finn Falck ihr zu, als das Schiffshorn kurz aufheulte und das Ablegemanöver einleitete. Kurze Zeit später tuckerte das Forschungsschiff aus dem Lister Tief auf die offene Nordsee hinaus.

SOS war die Abkürzung für *Solarschiff*. Das gesamte Oberdeck bestand aus Solarzellen, die einen Wasserstoffgenerator mit Strom für die Elektrolyse versorgten. So wurde aus Meerwasser direkt Wasserstoff für die bootseigenen Brennstoffzellen erzeugt.

»Wir vom *RIF*-Institut erforschen, wie ganzheitliche Lösungen für die insularen Probleme gefunden werden können. Das heißt, es wird nur noch Geld und Energie in anwendbare Projekte gesteckt. Sie müssen einen unmittelbaren Vorteil für ein nachhaltiges Zusammenleben unserer Gesellschaft mit *Gaia*, der lebendigen Erde, bringen. Dabei legen wir Wert darauf, dass die Lösungen auch weltweit eine Vorbildfunktion finden und anwendungsfreundlich sind«, sagte Dr. Falck.

»Dieses Schiff hier hat ausschließlich Wasser als Abgasprodukt, das bedenkenlos ins Meer geleitet werden kann. Dafür fährt es nur maximal 16 Knoten. Aber erstens dürften wir hier im Walschutzgebiet ohnehin nicht schneller fahren und zweitens basiert unsere Inselphilosophie ja auf Entschleunigung. Wir sind unserem Inselwappen verpflichtet«, sagte er lächelnd, formte seine Hand zum Surfergruß und deutete auf den *RIF*-Schriftzug an der Seite der Schiffsbrücke.

»Gleich werden wir beim Power-Unit Butendiek ankommen. Das ist die Anlage, die unserer Insel am nächsten steht.«

Die Windkraftanlagen waren von weitem kaum zu sehen. Heute stand allerdings ein riesiger Solar-Cargo-Lifter über dem Windpark, der gerade eine komplette Mühle aus Husum zur Installation antransportierte. Das Luftschiff brauchte für die Strecke von der Montagehalle bis zum Offshore-Fundament eine Stunde und war somit wesentlich schneller und günstiger, als die Spezialschiffe aus der Pionierzeit der Tiefwasser-Windpark-Montage.

Hier standen 200 Mühlen der neusten Generation. Die erste Generation von 2015 war wegen der schnellen technischen Entwicklung im Energiesektor bereits nach einer Laufzeit von zehn Jahren wieder abgebaut worden.

Die neue Generation der 100 Meter hohen Windenergieanlagen war so optimal gefärbt, dass man sie gegen den Hintergrund von Meer und Himmel erst wahrnahm, wenn man unmittelbar davor stand. Eine spezielle Lasur reagierte auf aktuelle Lichtverhältnisse und Farbreaktionen der Umwelt. So changierte die Außenhülle jeder Windmühle von Minute zu Minute exakt in den Farben der Umgebung. Die zweite Neuerung war, dass es kein Bauteil mehr gab, das sich sichtbar drehte. Statt großer, langer Flügel, die in den Pionierzeiten der Windkraft noch als Zugvogel-Schredder bekannt waren, gab es nun feste Elemente, die wie Düsen von Großflugzeugen aussahen. Der Wind blies dabei durch Lamellen und brachte sie zum Rotieren wie einen Fahrraddynamo.

Andere Varianten waren als elektrostatische Windturbinen konstruiert. Sie wirkten wie auf Stangen montierte Gitter großer Heizlüfter. Der Wind wehte durch die mit Elektroden bestückten Rohre und löste positiv ionisierte Salzwassertropfen ab. Beide Anlagetypen produzierten geräuschlos elektrischen Strom. Ohne Gefährdung für die Vogelwelt oder störende Lichtreflexe.

»Der Meeresgrund westlich der Insel, bis zur 200 Seemeilenzone, gehört heute zum offiziellen Territorium Sylts«, sagte Finn Falck.

»Deshalb sind auch die dort gewonnenen Ressourcen uns Syltern, kostenfrei zur Verfügung zu stellen. So erhält die Inselbevölkerung ihren gesamten Strom, Wasserstoff, Sand und Bio-Algenbedarf gratis von den auf Hoher See agierenden Firmen. Überschüsse dürfen sie nur in nachhaltigen Mengen und stets nach dem neuesten Stand der Umwelttechnik vermarkten.

Der erzeugte Strom wird von hier aus direkt ins europäische Netz gespeist. Da deutlich mehr produziert, als gebraucht wird, kann der Überschuss im großen Stil für die Wasserstoffproduktion genutzt werden. Dieser wird über eine Direktleitung nach Sylt und per Wasserstofftanker nach Hamburg, Bremer- und Wilhelmshaven transportiert«, erläuterte Falck.

»Zusätzlich wird überschüssige Energie in die Mikroalgenproduktion gesteckt. Wie Sie sehen, ragen rund um jede Windmühle hunderte von transparenten Rohrschleifen aus dem Wasser, sogenannte Algenbioreaktoren. Über spezielle Filtersysteme werden darin Mikroalgen angereichert, die mit Windstrom bei optimaler Temperatur und Bestrahlung mit idealer Licht-Wellenlänge gehalten werden. Dadurch findet eine exponentielle Vermehrung statt.

Das zum Wachstum notwendige CO_2 wird aus Verbrennungsprozessen auf Sylt und dem festländischen Einzugsbereich geliefert. Auf der Insel wird die gesamte CO_2 Produktion aus Heizungsanlagen, Herden und Produktionsstätten gebündelt und per Leitung zu den Power-Units geliefert, um dort für die Algenproduktion eingesetzt zu werden. So recyceln wir das CO_2 klimaneutral und erzielen einen Ertrag pro Fläche, der deutlich höher als bei der landwirtschaftlichen Produktion von Biomasse liegt.

Unsere Produktivität von Mikroalgenreaktoren ist gegenüber Raps fünfzehn-Mal besser und gegenüber Mais um den Faktor Zehn effektiver, bei wesentlich größerer Bindung des klimaschädlichen CO_2-Gases. Und wir steigern die Effizienz von Jahr zu Jahr! Dank des erzeugten Windstroms produzieren wir also hundert Prozent umweltfreundlichen Ökosprit.«

Die Solea drehte eine engere Kurve, um etwas näher an einen Anlagensockel heranzufahren. Hannah sah eine grüne Suppe, die sich durch den meterdicken Plexiglaskolben schob.

Falck fuhr mit seinen Erklärungen sichtlich stolz fort:

»Ein kleiner Teil der Algenernte wird an die *ZAS* nach Wenningstedt geliefert und zu Nahrungsergänzungsmitteln und Naturheilmedizin aufbereitet. Dreißig Prozent der Ernte geht in die Herstellung von Bio-Kosmetik als Palmölersatzmittel. So tun wir etwas zum Schutz von Regenwäldern in Indonesien und Malaysia, die sonst für die Palmölproduktion abgeholzt würden. Der größere Teil unserer Mikroalgenernte wird in einer Öko-Raffinerie bei Heide in

Dithmarschen zu Biosprit, vor allem zu Flugbenzin, verarbeitet. Inzwischen sind sämtliche Maschinen von Lufthansa und Air Berlin auf unseren klimaneutralen Biokraftstoff umgestiegen.«

»Und was passiert, wenn mal Windstille herrscht?«, wollte Hanna wissen.

»Für die relativ seltenen Perioden ohne Windstrom, haben wir zwei leistungsfähige Strömungskraftwerke in den Seegatts installiert. Eines zwischen der Ellenbogenspitze und der nördlichen Nachbarinsel Römö, sowie eines zwischen Hörnum Odde und Amrum. Sie gleichen jede Schwankung im Netz verlässlich aus und produzieren darüber hinaus jede Menge Megawatt.«

Die Solea hatte inzwischen wieder Kurs auf List genommen. Finn Falck und Hanna standen mit Ferngläsern an Deck, um die Wasseroberfläche nach Seevögeln, Robben und Kleinwalen abzusuchen. Während Falck durch sein Glas aufs Meer schaute, sprudelte er weiter:

»Wir haben hier inzwischen ein gut etabliertes Kalbungsgebiet der Schweinswale, da es seit 2025 keine Störgeräusche mehr unter Wasser gibt. Die neue Generation der Offshore-Anlagen wird nicht mehr mit Getöse in den Meeresboden gerammt, wie es früher üblich war. Heute werden Steckfundamente ins Sediment eingebohrt oder -gespült. Während des Bohrvorganges wird zusätzlich ein Lärmschutz-Blasenschleier mit Druckluft erzeugt, der den viel geringeren Bohrschall zusätzlich erheblich mindert. Auch

Lärm von Fischereigeräten und Schiffsverkehr wurde gegen Null reduziert. Militärische Aktivitäten haben wir auf dem marinen Sylter Festlandssockel ohnehin komplett verboten.

Das Entscheidende ist aber, dass wegen des Ausschlusses der Fischerei sämtliche walgefährdende Stellnetze verschwunden sind. Der Meeresboden regenerierte sich und es stellte sich eine vielfältige Fisch- und Wirbellosen-Fauna ein. Das Walschutzgebiet ist also zu einem wahren Unterwasserparadies geworden, das hin und wieder auch von Delphinen besucht wird. Jetzt hoffen wir noch auf die Rückkehr der Grauwale, die es hier vor 2000 Jahren noch gab.«

Bei seinen letzten Worten sprang Hanna auf und ihr ausgestreckter Arm zeigte nach Norden. Da sind sie! Mehrere sichelförmige, blaugraue Rückenfinnen durchpflügten eilig die Wasseroberfläche.

»Große Tümmler«, sagte Finn Falck trocken und tippte Anzahl, Uhrzeit, Wellenhöhe und Koordinaten in seine iWatch. Als das Schiff einen Abstand von rund 200 Metern zu der Schule erreicht hatte, sprangen einige der Delphine Pirouetten schlagend aus dem Wasser, als wollten sie dem Boot einen Gruß schicken.

Eine Stunde später schipperte die Solea um den Sylter Ellenbogen. Wie ein Ölgemälde wirkte die Dünenlandschaft mit den zwei uralten Leuchtfeuern. Keine Menschenseele war dort zu sehen, nur Vögel, Sand und Dünen.

Finn Falck sah den überraschten Blick von Hanna, die das Gebiet aus ihrer Jugend vor allem als Paradies für Touristen, Surfer, Kiter und Schafzüchter kannte.

»Tja, da haben wir einiges verändert«, sagte Finn Falck.

»Gemeinsam mit den Listland-Besitzern ist hier ein echtes Wildnisparadies entstanden. Wir Sylter waren uns einig, dass knapp 30 Kilometer frei zugänglicher Sylter Strand genug Platz für Urlauber und Einheimische bieten. Zehn Kilometer haben wir der Natur an unterschiedlichen Abschnitten komplett zurückgegeben. Diese Null-Nutzungszonen sind am Ellenbogen, zwischen Kampen und List sowie Rantum und Hörnum zu finden. Die Insel ist ja inzwischen Bestandteil des Nationalparks Wattenmeer, aber diese besonderen Naturbereiche werden mit höchster Priorität für Tiere und Pflanzen verwaltet.

Nach der Revolte auf Sylt gelang es, ausgestorbene Arten wieder anzusiedeln. Was Sie da vorne auf der Ellenbogenspitze sehen, sind keine Möwen, sondern Raubseeschwalben. Diese Art existierte seit etwa 1900 nicht mehr auf Sylt. Die Dünen des Gebietes sind ein Eldorado für Brand- und Eiderenten, die dort optimale Brutbedingungen vorfinden, seit dort keine Menschen mehr durchlaufen, und die Wildhüter Füchse und Schafe aussperrten.

Die größeren schwarz-silbrigen Würste, die dicht an dicht an der Wasserkante liegen, sind Seehund- und Kegelrobbenrudel.«

Hanna schwenkte mit dem Fernglas die Inselküste ab und staunte.

»Und was sind das dort für große grau-weißgefiederte Vögel?«

»Das sind Krauskopf-Pelikane. Die hat es hier auch seit ein paar tausend Jahren nicht mehr gegeben. Der Klimawandel und unsere Biotopflegemaßnahmen haben sie zurückgebracht.«

»Wow!«, staunte Hanna. Nach einer kurzen Pause setzte sie nach:

»Und man kann den Ellenbogen nun gar nicht mehr betreten?«

»Betreten nicht, aber befahren«, sagte Dr. Falck.

»Die Störempfindlichkeit und Fluchtdistanz der Vögel und Robben ist bei Zweibeinern besonders hoch. Sind diese aber in einem langsam bewegenden Fahrzeug untergebracht, nehmen Wildtiere kaum Notiz. Deshalb haben wir eine Nationalpark-Bahn entwickelt, die den gesamten Ellenbogen abfährt. Die Listlandbesitzer betreiben diese Dünen-Raupe und das Ausflugsrestaurant Heide-Schmetterling, dessen Besuch zum Höhepunkt eines Ellenbogen-Besuches gehört. Dort gibt es leckere Inselspezialitäten, wie den selbstgebackenen Rosinenstuten mit Salzbutter oder eingelegten Schafskäse an Quellermus.«

Die Dünen-Raupe fuhr auf der Basis von Wasserstoffbrennstoffzellen und schlich kindgerecht als *Raupe Nimmersatt* in Dünentarnfarbe daher. Wie bei einem Bagger lief die Bahn auf Kettengliedern, die jedoch nicht aus Metall bestanden, sondern aus einem weichen, griffigen Spezialkunststoff, der wie ein Mokassin kaum Spuren im Untergrund hinterließ. Auf diese Weise konnte die Raupe, die mit Panoramafenster versehen war und über ein Open-air-Deck mit Schallschutzvorrichtungen verfügte, lautlos querfeldein fahren.

»Eine Fahrt mit der Dünen-Raupe sollten Sie sich jetzt zur Brutzeit auf keinen Fall entgehen lassen. Dort sind unschätzbare Einblicke in die Sylter Natur möglich«, fügte Falck hinzu.

Nach knapp fünf Stunden auf See legte die Solea im kleinen Lister Hafen an. Als Hanna wieder festen Boden unter den Füßen hatte, merkte sie, dass sie von dem Schaukeln des Schiffes ganz schön erschöpft war. Sie lud Finn Falck zu einem veganen Imbiss ins Lister Nosch-Restaurant ein. Sie bestellten jeder eine Portion Rote-Beete Spaghetti in Kürbis- Seitan- Ingwer-Sauce mit gerösteten Körnern. Zum Nachtisch gab's Sylter Rote Grütze mit Mandel-Vanillesauce.

Beim Essen schwärmte Falck von unterschiedlichen Vogelarten, die er im letzten halben Jahr an verschiedenen Stellen der Insel registriert hatte. Er führte lang und breit aus, welche seltenen Arten des winterlichen Vogelzuges nach Sylt kamen, wo genau sie rasteten und wann sie wieder fortflogen.

Die Fahrt mit Dr. Falck war nicht nur lehrreich, sondern auch sehr unterhaltsam gewesen. Als er ihr anbot, sie am nächsten Tag auf eine Rundtour durch den Osten der Insel mitzunehmen, war Hanna begeistert.

»Wir treffen wir uns um Punkt neun Uhr am Wheeler-Parkplatz Nösse, dort, wo der Rantum Becken-Deich auf den Nössedeich trifft«, rief er Hanna noch nach, als sich die Tür der Syltbahn zwischen ihnen schloss.

»Ich freu mich auf morgen, Finn!«, rief Hanna durch die Scheibe, schaute ihm einen längeren Moment in die Augen als üblich und winkte. Sie waren inzwischen beim ‚Du«.

Dann brauste die Magnetbahn lautlos über den Klaus-Bambus-Ring rund um das Wanderdünengebiet zurück nach Westerland.

Auf der Fahrt blätterte Hanna in dem Prospekt, den Finn ihr mitgegeben hat. Dort las sie, dass das Erlebniszentrum Naturgewalten Sylt seit einigen Jahren spezielle Führungen ins Listland anbot, um die *Erhabenheit der Sylter Wanderdünenzüge unmittelbar und naturschonend erlebbar zu machen.* Tagestickets gab es auch bei der Sölring Foriining, dem Sylter Heimatverein. Pro Stunde durften demnach nicht mehr als zwei Paare im Abstand von dreißig Minuten querfeldein durch die Wildnis wandern. In den warmen Monaten war Barfußgehen Pflicht.

Das Foto im SyltInfo zeigte eine kleinen Rangerhütte am Fuße der Wanderdüne, an der sie jetzt gerade mit der Syltbahn vorbeischwebte. Ein liebevoll gemaltes Schild war dort zu sehen:

Bitte Schuhe ausziehen. Unsere Dünen sind uns heilig! Hier kontrollieren junge Leute die Zugangsscheine und geben auf Wunsch Ohrclips aus, las Hanna dazu im Prospekt.

Über die ergonomisch perfekt angepassten Ohrhörer mit Dolby-Surround Stereosound sollten Besucher die Wahl haben, verschiedene Sendungen zu empfangen. Es gäbe ein Info-Programm, das wie eine herkömmliche Naturführung Wissen über das Gebiet, entlang eines vorgegebenen Parcours vermitteln würde. Noch beeindruckender seien verschiedene Musikprogramme, die auf das freie Wandererlebnis im Dünengebiet abgestimmt seien. Man könne zwischen zarter, japanischer *Zen-Musik für Meditation* und emotional bombastisch wirkender, klassischer Musik wählen. Laut SyltInfo sei das *Natur-pur Programm* aber besonders reizvoll: *einfach ohne technischen Schnickschnack die Stille der Landschaft bei einem Spaziergang durch die Dünenheide und die weißen Sandberge in sich aufnehmen.*

Das wäre auch eher Hannas Wahl gewesen, aber für heute hatte sie genug erlebt. Nach der Schiffstour war sie todmüde und jetzt sehnte sie sich nach dem kuscheligen Zimmer in Krügers Pension Westwind, um einmal richtig auszuschlafen.

233

AUSFLUG INS UTHLAND

Tinnum, 9. Mai 2050

Frisch und erholt stand sie am nächsten Morgen pünktlich um 9:00 Uhr am Nössedeich und wartete auf Finn.

Heute sollte es ins Uthland gehen. Hanna genoss die Frühlingsluft unter strahlend blauem Himmel. Sie liebte diese kristallklare Luft seit ihrer Kindheit. Heute trug sie grüne, hochschaftige, extraleichte Goretexstiefel zu einem roten NeoFrott, was schräg, aber sexy aussah.

Sie hatte selbst etwas schmunzeln müssen, als sie morgens im Bad vor dem Spiegel fast zusehen konnte, wie ganz automatisch ihre Hand ins Makeup Täschchen griff und nacheinander Wimperntusche, Kajal und Lippenstift auftrug. Roten Lippenstift. Zusätzlich band sie sich den breiten Webgürtel um die Taille, der passend zur NeoFrott®-Kollektion erhältlich war. Darin konnte sie Kleinigkeiten verstauen oder anhängen. Zum Beispiel den kleinen Feldstecher, den sie sich von Frau Krüger geliehen hatte. Da es windstill und sonnig war, setzte sie sich ihre Kappe mit dem Aufdruck *Everglades National Park* auf, die sie vor Jahren bei einem Dreh in Florida von einem Ranger geschenkt bekommen hatte.

So gestylt, war sie bereit für eine Exkursion in den Sylter Osten.

Kurz nachdem sie den Wheeler in die Parkposition gestellt hatte, tauchte Finn Falck auf. Auch er trug heute Goretexstiefel und hatte zusätzlich einen Ornithographen über der Schulter hängen.

»Das ist ein Gerät zum schnellen Erfassen und Auszählen von großen Vogelschwärmen«, sagte er zu Hanna, als er sie mit einem Händedruck begrüßte.

»Na, das kann ja spannend werden«, dachte Hanna und sagte mit einem zögerlichen Lächeln:

»Oh, sehr interessant.«

Offenbar hatte Finn Falck immer nur das eine im Kopf: Vögel, Vögel, Vögel.

»Ich möchte dir erst mal einen kurzen Überblick geben«, begann Falck und deutete Richtung Osten.

»Du siehst, dass dort hinten der Nössedeich deutlich niedriger wird. Das war nicht immer so. Erst vor fünfzehn Jahren haben wir uns entschlossen, das 7,20 Meter hohe Bollwerk aus dem Jahre 1937 auf einigen Kilometer Strecke, um gut sechs Meter zurückzubauen. Es hat lange gedauert, bis auch die Sylt-Oster einsahen, dass eine Sommerdeichvariante die beste Lösung für zahlreiche anstehende Probleme war.«

Falck ging mit Hanna ein Stück den Weg in die Tinnumer Wiesen hinunter.

»Wir konnten in den vergangenen hundert Jahren eine deutliche Absenkung der Nössewiesen gegenüber dem außendeichs liegenden Wattenmeer messen. Die

Höhendiskrepanz wurde immer dramatischer, da wegen des Dammes kein Sediment mehr vom Meer aus auf die Grünflächen geschwemmt wurde. Zusätzlich gibt es eine natürliche Setzung des Marschlandes. Das bedeutet, es gibt ein wachsendes Risiko, dass bei einem Deichbruch mit einem Schlag ein riesiges Inselareal unkontrolliert und dauerhaft überschwemmt würde. Wegen des ansteigenden Meeresspiegels hätten wir den Deich immer höher und sicherer bauen müssen. Das wäre ein Kampf gegen die Natur geworden und hätte nicht mehr unserer *RIF*-Philosophie entsprochen.

Außerdem haben sich unsere Prioritäten hinsichtlich einer Landnutzung schon lange verschoben. Der Deich wurde ja ursprünglich zur Gewinnung landwirtschaftlicher Flächen gebaut. Da wir in Europa jedoch längst eine Überproduktion haben, jedoch einen dramatischen Rückgang von natürlichen Flächen, machte es zusätzlich Sinn, die Nössewiesen zu renaturieren und in ein ökologisch wertvolles Brackwasser-Sumpfgebiet umzuwandeln. Dabei ging es auch nicht nur um Naturschutzbelange, sondern auch um Natur-Tourismus. Eine erlebnisreiche Wasserlandschaft ist heute allemal wirtschaftlicher für die Insel als ein paar Wiesen und Äcker.

Also rissen wir das hohe Bollwerk gegen den Blanken Hans ein und degradierten es zu einem niedrigen Sommerdeich. Das bedeutet, sommerliche Hochwasser bleiben außen vor, aber größere Sturmfluten der

Wintermonate können ungehindert über den Deich fließen und Sediment vom Watt auf die Wiesen spülen. Ein unbeschreiblich mächtiges Schauspiel, wenn man es mal gesehen hat«, schwärmte Finn.

»Nur den unmittelbaren Siedlungsbereich schützten wir mit weiteren kleineren Dämmen oder höheren Warften vor einem Salzwassereinbruch. Zusätzlich genehmigten wir sehr dosiert den Bau von autarken Wohneiern auf Stelzen in dem Gebiet. Für Leute, die ein Leben auf dem Wasser bevorzugen.«

Hanna war leicht geschockt. Ihr hatte man in der Schule damals noch eingehämmert, dass Deiche der wichtigste Überlebensschutz der Insel seien: ,Keen nich will dieken, de mutt wieken.'«[44]

»Komm mit, Hanna, dann kannst du selbst sehen, was unsere Maßnahme Gutes bewirkt hat.«

Östlich ihres Standortes auf dem Nössedeich und dem Ortsrand von Keitum im Norden verlief die imaginäre Wheeler Grenze. Ab hier hörte jegliche Technik auf, wenn man einmal von der Syltbahn absah, die auf der alten Eisenbahntrasse über Keitum bis nach Morsum verkehrte. Diese Eisenbahntrasse verlief auf einem Damm, der hoch genug war, um nicht überflutet zu werden. Er bildete die Nordgrenze des Überschwemmungsgebietes. Alles was sich zwischen dem Syltbahnwall und dem Nösse-Sommerdeich befand, musste auf Warften angelegt werden, wenn es

---

44 plattdeutsch: Wer nicht will deichen, der muss weichen.

auch im Winter trocken bleiben sollte. Das betraf also die großen Bereiche der Orte Archsum und Morsum. Inzwischen hatte sich für dieses Gebiet der alte historische Name *Uthlande* wieder eingebürgert. Dieses Gebiet war nur noch zu Pferde oder mit Airboats zu bereisen.

Am Fuße des Nösse-Kreuzes standen etliche der amphibischen Flachboote bereit. Statt eines lauten heckseitigen Luftpropellers, wie bei altmodischen Airboats üblich, hatte die Sylter Version kleine leise Düsen, die den Vortrieb des Gleiters bewirkten. Die Airboats glitschten über Wasser-, Schlickflächen und feuchte Vegetation hinüber ohne Flurschaden anzurichten.

Finn half Hanna mit beiden Händen um die Taille ins Boot. Die Fahrt führte durch ein Mosaik unterschiedlich feuchter Wiesen- und Sumpfabschnitte und über tiefere Wasserläufe und Seen. Das natürliche Gefälle reichte von Südost nach Nordwest. Das lag daran, dass jede Überflutung Sediment hinter dem Deich ablagerte und der Boden so schneller in die Höhe wuchs, als in den vom Meer entfernteren Gebieten. Daher waren die Wasserflächen in Bahndammnähe deutlich ausgedehnter als nahe des südlichen Sommerdeichs. Auch die Vegetation veränderte sich auf diesem Gefälle deutlich. In hochgelegenen Bereichen dominierten flächendeckende Wiesen von rosa Strandnelken das Bild und in den häufig gefluteten Senken fanden sich sattgrüne Salzwiesen, die saisonweise auch für kulinarische Zwecke per Hand abgeerntet werden durften. Dazwischen lagen kleine Warften und Wohneier auf Stelzen, die sich wie auf den Halligen aus der von Brackwasserprielen zerfurchten Sumpflandschaft erhoben.

Finn Falck drehte einige schnittige Kurven rund um zwei Wohnhügel und deutete auf die urwüchsigen und originellen Behausungen.

»Wer lebt denn da?« fragte Hanna.

»Hier in den Uthlanden haben sich diejenigen von uns niedergelassen, die es ganz ernst und wörtlich mit *RIF* nehmen. Es gibt etliche, die die Nase von der alten Konsumgesellschaft so gestrichen voll hatten, dass sie konsequent auf jeglichen neumodischen Technik-Kram verzichten wollten. Viele von ihnen halten und pflegen hier auf den höher gelegenen Marschwiesen Pferde. Die sind auf ganz Sylt inzwischen so wichtig für den Transport mit Kutschen, zum Reiten und die Düngerproduktion. Mittlerweile gibt es auf der hochgelegenen Nösse-Ostspitze sogar eine Herde Wildpferde.«

Finn drosselte die Brennstoffzelle und legte am Holzsteg der kleinen Warft mit der reetgedeckten Datscha an.

»Kalli, Kaaaalli!«, rief er betont langsam und laut gepresst. Kurze Zeit später lugte freundlich ein bärtiger Greis aus dem Fenster der runden Kate.

»Moin, Finn!«, rief er, »Naa, mit was für 'ner Hübschen bist du denn heute unterwegs?«

»Das ist Hanna, Hanna Lundt! Vielleicht kennst du sie noch, die Tochter von Conny Wein.«

»Klar!«, antwortete Kalli Katzwiesel und kaute auf dem Mundstück seiner Meerschaumpfeife.

»Du hast mich doch mal zur Biotoppflege interviewt.«

Hanna musste kurz in der Erinnerung graben.

»Stimmt genau, Herr Katzwiesel!«, rief sie zurück.

Hanna hatte Kalli Katzwiesel im Rahmen ihres Praktikums zu Maßnahmen in der Braderuper Heide ausgefragt, als dort ein Feuerökologe einzelne Flächen kontrolliert abfackelte. Das war jetzt gut 36 Jahre her und Katzwiesel war bestimmt über neunzig. Erstaunlich, dass er sich erinnerte, aber er war gut befreundet mit ihrer Mutter gewesen.

»Ich soll dich von Urdig grüßen!«, mischte sich Finn ein, »er lässt fragen, ob du nächste Woche zum Treffen wegen der Vorbereitung fürs Thing kommst.«

»Klar«, brummte Katzwiesel, »bestell ihm, dass wir uns dann bei der Naturschutzgemeinschaft in Braderup zum Tee treffen können.«

»Alles klar! Erstmol!«, rief Finn und startete das Airboot. Winkend fuhren sie in Richtung Nordosten.

»Hier unten, nahe dem Salzwiesenbereich, sind die echten Einsiedler zu Hause, die am liebsten das ganze Jahr auf ihrer Warft bleiben und ein Eigenbrödlerleben führen. Sie sind nur unter sich, aber mit den verschiedenen Warftbewohnern gut vernetzt. Vom Weststrand und den Wheeler-Bereichen kriegen sie das ganze Jahr über nichts mit. Hier im Uthland werden die alten friesischen Handwerke und Bräuche noch ganz besonders gepflegt, und es wird natürlich ausschließlich Sölring gesprochen.«

Noch bevor er den Satz zu Ende gebracht hatte, nahm Finn abrupt das Gas runter und riss den Ornithographen in die Höhe. Im selben Moment verdunkelte sich kurz das Boot, weil ein riesiger Schwarm kleiner Vögel mit einem Rauschen den Himmel passierte. Intuitiv drehte sich Finn in einer eleganten Bewegung parallel zum vorbeifliegenden Schwarm, während sein rechtes Auge durch das Gerät peilte. Dann schaute er auf das digitale Display.

»Das waren 57.241 Knutts«, sagte er trocken. »Die Zugzeit hat sich wegen des Klimawandels in den letzten Jahren etwas verschoben. Die kleinen Island-Strandläufer fallen immer später im Jahr ein.«

Hanna staunte, hier im amphibischen Biotop-Mosaik der offenen Marsch kam wirklich ein *Galapagos-Feeling* auf. Es war paradiesisch, wie zutraulich einem manche Tiere begegneten. Finn reduzierte die Airboat-Geschwindigkeit auf Schritttempo. Sie wollten einfach näher dran sein an dieser bezaubernden Vielfalt der Natur. Hasenfamilien knabberten ruhig in trockeneren Bereichen des Grünlands, während es in feuchten Senken fiepte, gackerte und schnatterte. Überall sah man Enten und Gänsefamilien herumstolzieren. Finn deutete auf verschiedene Bodennester und erläuterte Einzelheiten zu Austernfischern und

241

Seeschwalbenkolonien. An manchen Stellen beobachteten sie den beeindruckenden Hochzeitstanz der Kampfläufer. Andere Wiesen zeigten sich als Eldorado für Ringelgänse, Graugänse und Löffler.

Asphaltstraßen, Gebäude, Funkmasten, Werbeschilder und andere landschaftsverschandelnde Elemente waren komplett verschwunden. Finn erklärte, dass sie Entwässerungsgräben geschlossen, mäandrierende Wasserläufe reaktiviert oder neu angelegt hatten. Zusätzlich schufen sie kleine Inselsituationen in stehenden Gewässern und setzten weitere Biotop-Pflegemaßnahmen um, die der Artenvielfalt zu Gute kamen.

»Die Rückführung von Sylt zu einer echten, komplett von Wasser umgebenen Insel hat sich auch hier positiv auf das Artenspektrum ausgewirkt«, erläuterte Finn.

»Seit der Sprengung des Hindenburgdammes, gibt es auf Sylt für Bodenbrüter keine Feinde mehr. Die letzte Aktion Sylter Jäger war die konzertierte Vernichtung von Raubwild, das von Natur aus nicht zum Artenspektrum der Insel gehört. So wurde das ökologische Gleichgewicht wieder hergestellt. Danach legten die Waidmänner für immer ihre Waffen nieder.«

Das Airboot legte nun am äußersten Nordosten der Uthlande an. Finn half Hanna mit einer Hand beim Aussteigen.

»Komm Hanna, lass uns noch einen kurzen Spaziergang ans Morsum Kliff machen!« Finn berichtete, dass hier in dem hochgelegenen Bereich des zwölf Millionen Jahre alten Geotops, ein besonderes Gebiet eingerichtet worden war: der Sylter Steinzeit-Park.

Hanna schaute von einer Anhöhe über die archaische Landschaft. Auf der Nösse sah sie das Ensemble bedeutender Steinzeit-Tempel in der Nähe des Morsum Kliffs: die Markmannshooger. Rund um die mehr als 4000 Jahre alten Häuptlingsgräber hatte man eine weite Zone ausgewiesen, in der *Fred Feuerstein-Fans*, ganz authentisch die Stein- und Bronzezeit nachempfinden konnten. Man hatte sich an den alten Ausgrabungsstätten von Archsum, Morsum und Wenningstedt orientiert und hier möglichst naturgetreue Bedingungen für ein Leben geschaffen, wie es in dieser Region ab 4000 vor Christus herrschte. Zu der Zeit also, als die ersten Jäger und Sammler sich auf Sylt sesshaft machten und den Wald für ihre Viehzucht rodeten. Sie waren es auch, die die Inselkraftplätze mit ihren Ritualbauten markierten. Die Megalithgräber Denghoog, Merelmershoog, Harhoog, Tipkenhoog und ein paar andere, waren die letzten Zeugen dieser Zeit.

Es gab genug Sylter, die sich in ein Leben dieser Art zurückwünschten: einfach, naturnah und mit der Erde, den Steinen, den Naturkräften und unterirdischen Zwergen verbunden sein, die der Sage nach bekanntlich hier lebten und ihr Geschirr am Morsum Kliff zerdepperten.

Finn und Hanna kamen etliche Gestalten in Fellkleidung, mit Stöcken, Faustkeilen und Lanzen bewaffnet, entgegen. Sie grüßten alle sehr freundlich. Finn schien hier im Inselosten als Experte bekannt zu sein. Manche blieben kurz stehen, zeigten ihre Fossilienfunde und erzählten von *Sichtungen*. Damit meinten sie Vogelarten, die sie vor kurzem in der Heide, am Kliff oder im Watt gesehen hatten. Finn sprach jeweils eine kleine Notiz in seine iWatch.

Auf dem Rückweg setzten sich Hanna und Finn zu einer kleinen Gruppe ans Feuer. Der Platz war direkt oben am Morsum Kliff, mit einem außergewöhnlichen Ausblick über das ganze Wattenmeer bis Dänemark.

Am Feuer war in eine kleine Mulde eine Art Amboss eingelassen und eine uralte, weise Frau aus Morsum, die Finn mit »Moin Edda« begrüßte, schlug mit einem Hammer auf das glühende Metallstück ein, das sie mit einer einfachen Zange hielt. Gesprochen wurde nicht.

Hanna und Finn starrten in die gleißende Glut. Hockend, mit den nackten Füßen im Kaolinsand[45], das Kliff spürend. Die Frauen saßen rund um das Feuer und bewegten einen Blasebalg. Sie klopften rhythmisch mit Klöppeln auf fellbespannte Trommeln ein, und die Sonne senkte sich langsam in einem orangeroten Feuerwerk über dem Kliff.

---

45 Drei Millionen Jahre alte Flussandschicht am Morsum Kliff

Plötzlich dampfte und zischte es. Edda hatte den glühenden Ring in eine grobe Tonschale mit Wasser getaucht und hielt ihn vor die beiden Besucher. Dann murmelte sie:

»Der Ring von Feuer wird bringen, was im Watt die Vögel heut singen: Tirili, Tirila, Tiriduft, Liebe liegt in der Luft!«

Hanna und Finn schauten erst den Ring, dann die alte Edda und schließlich sich gegenseitig durchdringend an. Noch bevor das Licht des ausglühenden Bronze-Ringes im Abendrot verblasst war, lagen sie sich in den Armen und schmeckten gegenseitig bei geschlossenen Augen das Salz auf ihren Lippen. Edda kicherte zufrieden, ihre lückige Zahnreihe blitzte noch einmal kurz in der Dunkelheit auf, als sie sich leise vom Feuer zurückzog.

Finn hatte seine Fingerspitzen tiefer in Hannas NeoFrott gegraben und spürte ihre Wärme. Sie war wirklich angenehm pneumatisch und für ihr Alter ganz schön energisch, dachte er. Er zog sie noch näher an sich heran. Die abendliche Stimmung tauchte die beiden am Feuer in ein mystisches Licht.

Finn nahm Eddas kunstvoll geschmiedeten Bronzering, nachdem er ganz ausgekühlt war und streifte ihn auf Hannas Ringfinger.

»Dieser Ring möge dich immer mit Sylt verbinden, wenn du wieder in Amerika bist«, sagte er.

»Danke, Finn!«, flüsterte Hanna zurück.

»Er wird mich an diese schönen Tage mit dir erinnern.« Dann zog sie ihn nochmal an sich und gab ihm einen langen Kuss.

Als das Abendrot völlig vom Meer verschluckt war, saßen die beiden eng umschlungen in der Syltbahn.

»Zu dir oder zu mir?«, hatte Hanna geflüstert. Natürlich hatten sie sich für Finns Haus in List entschieden.

Finn Falck wohnte seit der Wende in der Dünensiedlung Sonnenland. Von seinem Reethaus auf der Düne hatte er einen kompletten Rundblick über das Wattenmeer zwischen Kampen und List. Sonnenland war zu Hannas Jugendzeit eine wunderschöne, aber leblose Ferienhaussiedlung reicher Zweitwohnsitzer gewesen. Nun tummelten sich hier Sylter Familien und notorische Singles wie Finn. Selbst jetzt, am frühen Abend, waren die Dünenpfade zwischen den Häuser belebt:

»Moin Finn, moin Finn, moin Finn!«

Jeder, an dem sie vorbeigingen, grüßte freundlich. Einige drehten sich nach Hanna um. Sie spürte die Blicke im Rücken. Kein Wunder, sie sah den ganzen Tag schon bezaubernd aus und seit der innigen Begegnung mit Finn an Eddas Steinzeitfeuer, strahlten ihre braunen Augen lustvoll vor Lebendigkeit.

Die Entscheidung

Rantum, 10. Mai 2050

Hanna hatte sich für den nächsten morgen wieder mit Urdig in der Quelle auf dem Campus verabredet.

»Hallo Hanna!«, grüßte Urdig sie strahlend.

»Hat Finn dir seine Power-Units zeigen können?«

»Oh ja«, grinste Hanna zurück und dachte an die vergangene Nacht.

»Er ist wirklich ein netter Kerl. Und so kompetent.«

»Ich wusste, dass ihr euch gut verstehen würdet«, sagte Urdig mit einem vielsagenden Blick und drückte Hanna kurz zur Begrüßung.

Als er ihr wieder in die Augen sah, bemerkte er ihre Rührung.

»Oh Urdig, ich bin dir so dankbar für alles! Ich habe das Gefühl, du schaust in mich hinein und weißt genau, was ich gerade brauche.«

»Nur manchmal. Ich bin mir zum Beispiel nicht sicher, was jetzt deine Pläne sind.«

Hanna hatte verstanden, dass sie vor Urdig nichts verheimlichen konnte.

»Urdig, morgen muss ich die Transatlantikdrohne Hamburg - New York nehmen und kommende Woche meinen Sylt-Artikel bei 3M's abliefern. Aber ich bin sicher, dass ich sehr bald auf diese Insel zurückkehren werde. Mich zieht es wieder nach Hause. Ich bin so überwältigt vom Spirit und den Menschen des neuen Sylt. Ich wünsche mir nichts lieber, als Teil dieser Entwicklung zu sein und mitzuhelfen die *RIF-Bewegung* zu unterstützen.« Dabei zeigte ihre rechte Hand das *Hang-Loose*-Zeichen.

»Kannst du dir vorstellen, mich hier sinnvoll für die Sache einzusetzen?«

»Aber natürlich, Hanna, wir freuen uns sehr, wenn du wieder nach Hause kommst. Ich habe einige Vorstellungen, wo deine Erfahrungen für unsere Idee sehr effizient eine Wirkung entfalten könnten. Auch über diese Insel hinaus. Komm doch mal mit in mein Büro.«

Urdig und Hanna verschwanden hinter der schalldichten Tür seines Konferenzzimmers.

US-Super-Bowl

Washington DC, USA, zwei Monate später.

Hanna war fertig mit Packen. Die meisten Möbel und sperrigen Gegenstände hatte sie an Freunde verschenkt und den Rest der Spendenorganisation Oxfam[46] übergeben. Nun standen ihre zwei Koffer in der Suite des Ritz-Carlton Hotels. Bereit für den morgigen Abflug: New York – Reykjavik – Hamburg. Bis auf das besondere Sommerkleid, das sie heute noch tragen wollte, hatte sie alle anderen Kleinigkeiten im Handgepäck verstaut. Die Akkreditierungskarte für den Presseball im Weißen Haus steckte sie sorgsam in ihre Handtasche.

»Your Taxi, Ma'm«, sagte die Stimme am Fon und Hanna begab sich hinunter ins Foyer. Der Hotel-Roboter führte sie zum Yellow Cab-Gleiter. Sie ließ sich durch die frühabendliche Rush Hour Washingtons in Richtung Weißes Haus fahren. Hanna passierte den Georgetown Waterfront Park, den Watergate Komplex, die Saudi-Arabische Botschaft, das John F. Kennedy Center und das Eisenhower Executive Office Building. Zahllose Einsätze als CNN-Korrespondentin vor der Kamera kamen ihr in den Sinn.

---

46 Gemeinnützige Welthunger-Hilfe

Es war gut, die Jahre in USA mit dem Event heute Abend abzuschließen. Der Sommer-Presseball im Garten des Präsidenten fand einmal jährlich statt. Dort kamen die wichtigsten Politiker und Senatoren der USA und eine Menge von Hannas früheren TV- und Print-Kollegen zusammen. Sie bekam eine gute Möglichkeit, sich von all dem hier würdig zu verabschieden. Es war eine faszinierende Zeit gewesen, aber letztendlich hatte sie gespürt, dass sie bloß eine Schachfigur in einem großen Rollenspiel gewesen war. Als Medienfrau hatte sie mitgespielt und viele andere Leute als Protagonisten missbraucht ohne dass diese oder Hanna es selbst bemerkt hätten.

Es ging im Politik-Medien-Spektakel meist darum, Personen mit Beiträgen so lange in die Charts zu hypen, bis sie als prominente VIPs[47] reif für den Absturz waren. Die Sender packten sie mit permanenter Medienpräsenz solange bei Ihrer Eitelkeit bis sie fast größenwahnsinnige Allüren zeigten. Dann stellten ihnen die Redaktionen kleine Fallen und Fettnäpfchen auf, in die sie blindlings hineintappten. So konnte der Sender dann wiederum an der Skandalstory des Absturzes verdienen und herausragend Quote machen.

Im Grunde ähnelte dieses Medien-Spektakel den schwankenden Kursen am Aktienmarkt. Zehntausende waren an dem Trubel beteiligt, aber nur wenige Drahtzieher verdienten richtig gut damit. Es ging im-

---

47 engl.: Wichtige Personen

mer nur darum, schnelle Bilder zu heißen politischen Themen zu erzeugen und besser als die Konkurrenz zu sein. Mit objektiver Berichterstattung oder der Wahrheit hatte das alles nichts zu tun.

Hanna war froh, dass sie diesem Rattenkäfig entkommen war. Aber ein letztes Mal wollte sie sich noch auf diesem herausragend bedeutsamen Presseball unter die Szene mischen und in Glanz und Gloria baden.

Das Fest war für seine legere Atmosphäre bekannt, die für das Weiße Haus ansonsten ganz untypisch war. Aber an diesem Abend durfte unter den rund zweitausend geladenen hochrangigen Gästen ausgelassen gescherzt und getanzt werden. Unabhängig von Rang und Namen mischte sich alles durcheinander und amüsierte sich unter dem Dach des Präsidenten.

Der Höhepunkt der Veranstaltung war die Ausgabe der traditionellen White House-Bowle, die persönlich von der First Lady abgeschmeckt wurde. Wer davon trank, gehörte zum Super-Bowle-Club der USA, und das kam vom Status her einem gesellschaftlichen Orden gleich. Dementsprechend drängelte sich jeder, egal ob Politiker, Beamter oder Reporter darum, ein Glas zu ergattern. Anschließend ging die Party bis in die späte Nacht hinein.

Während die meisten Gäste an Cocktailtischen Small Talk hielten, hatte Hanna den Vorbereitungen der *Bowle-Cup-Ausgabemannschaft* interessiert zugeschaut. Die weißbeschürzten Service-Düsen stellten alle Gläser auf elegant gedeckten Tischen bereit und mehrere Männer trugen das große Fass Bowle hinein und wuchteten es auf einen stabilen Sockel. Dann kam ein Ober in schwarzem Livree, mit weinroter Lederschürze hinzu und installierte den Zapfhahn mit zwei gezielten Hammerschlägen. Danach wurde der Deckel des Fasses oben geöffnet, sodass Luft an die Bowle kam. Diese Maßnahme sollte eine Stunde vor Ausschank vorgenommen werden, um die besondere Geschmacksnote der Super-Bowle zu garantieren.

Als die Menge sich schließlich gegen 21 Uhr nach dem Gongschlag des Präsidenten um das riesige offene Fass Bowle drängelte, schlich Hanna zum Ausgang. Von den Freunden und Bekannten, die ihr wichtig waren hatte sie sich schon verabschiedet. Außerdem wollte sie hier nicht versacken. Sie musste am nächsten Morgen den Shuttle vom Ronald Reagan Airport nach New York erreichen, der sie rechtzeitig zum Anschlussflug nach Hamburg bringen sollte.

Als die Tür ihres Gleiters zugeschlagen wurde und sie beim Losfahren die Kuppel des Weißen Hauses hinter sich verschwinden sah, schloss sich ihr langjähriges Lebenskapitel in den Vereinigten Staaten endgültig.

EPILOG

New York, USA, 24 Stunden später.

Der Zubringer-Shuttle hatte Hanna am nächsten Morgen von Washington nach New York gebracht.

Die Sonne war gerade untergegangen und sie saß in der Halle des John F. Kennedy Airports und beobachtete die Monitore. Auf zahlreichen Bildschirmen liefen ungewöhnliche Bilder von CNN und anderen Kanälen. Es waren Szenen von Kindergeburtstagen, Hochzeiten, Geburten und ähnlich freudigen und erhebenden Lebensereignissen, die mit großartigen Sequenzen aus der nationalen Erfolgsgeschichte der USA gemischt waren. Die KZ-Befreiungen im Zweiten Weltkrieg, kurze Redeausschnitte von Martin Luther King und John F. Kennedy, die Mondlandung von 1968, Ronald Reagan 1987 vor der Berliner Mauer, die Umarmung von Obama und Fidel Castro 2015 und der Start der ersten bemannten Marsmission 2033. Zwischendurch blitzte immer wieder das strahlende Gesicht des Präsidenten auf und wurde von Meldungen unterlegt wie: Der Präsident der Vereinigten Staaten ruft alle US-Bürger und die US-Militärs sämtlicher ausländischer Stützpunkte dazu auf, wieder nach Hause zu kommen. Oder: Der Kongress hat die Zerstörung riesiger Naturflächen durch Frakking Technologie endgültig für illegal erklärt und gestoppt. Oder: Die Washington Post deckt auf: Verlegerskandal um gefälschte Sensationsmeldungen bei Amerikas größtem Medienkonzern.

Hanna schmunzelte. Auf einigen Bildschirmen sah sie die Gesichter von Politikern und Reportern, mit denen sie gestern noch auf dem Ball angestoßen hatte. Sie wirkten ungewöhnlich entspannt und heiter, manche trugen bunte Stirnbänder, oder Blumen im Haar, andere gaben Interviews in Boardshorts am Strand und zeigten zum Schluss des Gespräches mit der rechten Hand das Hang-Loose Zeichen und riefen »Shaka-Shaka«.

»Crazy, crazy, es ist eine verrückte Welt!«, sagte ein Managertyp neben ihr ungläubig kopfschüttelnd vor sich hin. Dann nahm er kurz den Blick vom Bildschirm schaute zu Hanna hinüber. Hanna nickte nur und lächelte wissend. Auf den Flug-Info-Monitoren des Terminals stand in der endlosen Reihe von Abflügen nun endlich ihr Flight Icelandair FI 611 nach Hamburg. Er war an dritter Stelle gelistet.

Vor dem Abfertigungsschalter blieb Hanna kurz stehen und kramte etwas aus ihrem Handgepäck. Sie zog mit spitzen Fingern eine altmodischen Milchflasche heraus. Auf dem blauen Etikett war die Fratze einer Maya-Göttin abgebildet. Hanna warf sie mit elegantem Schwung in einen Altglaskontainer.

Die Flasche war leer.

ANHANG

Nachwort des Autors

Sylt/Rantum, Mai 2015

Wer hätte gedacht, dass so ein kleiner Faux pas, wie die Einführung eines gebührenpflichtigen Surf-Passes auf Sylt, letztendlich Auswirkungen auf eine Supermacht wie die USA haben könnte? Ganz zu schweigen von den Auswirkungen auf die Geschicke unserer kleinen Ferieninsel.

Brauchen wir wirklich Urwaldrogen und Gruppentherapien, um Sylt jetzt schon so zu entwickeln, dass die Lebensqualität für alle stimmt, die ihr Herz an die Insel verloren haben? Meinen Sie nicht auch, dass der Insel Sylt ein wenig *RIF*-Mentalität gut tun würde?

Schreiben Sie mir gern Ihre Meinung, Ideen und Anregungen! Wie soll Ihr Sylt im Jahre 2020, -30, -40 oder -50 aussehen?

Syltopia Visionen

Auf meiner Website **www.syltopia.de** liste ich unter der Seite: *Syltopia Visionen* alle Ideen auf, die im Buch vorkommen und schätze nach meiner subjektiven Meinung und Kurzrecherche ein, wie realistisch deren Umsetzung sein könnte. Wenn Sie dort nachschauen möchten, geben Sie bitte das Passwort *Visionencheck* ein.

Die meisten Vorschläge sind Anregungen ohne den Anspruch, eine umfassende Patentlösung zu liefern. Vielmehr möchte ich damit anregen, den eigenen Geist offen für Veränderungen zu halten, die viele heute noch für undenkbar halten. *Spinnen* Sie doch mal ein wenig herum und recherchieren Sie selbst einmal im Internet. Sie werden erstaunt sein, wie viele kluge Köpfe und Firmen bereits an neuen umweltwelträglichen Lösungen arbeiten und wie wenig davon bislang umgesetzt wurde.

Gern nehme ich über die Website oder per email (info@syltopia.de) Ihre Ideen und Meinungen auf.

Wenn Sie auch Fan einer vegetarisch oder veganen Küche sind und über das geringe Angebot in dieser Richtung enttäuscht sind, fragen Sie am Besten konsequent bei Gastronomen, Vermietern und Kurverwaltungen immer wieder danach. Das gilt natürlich auch für andere Themen, die Sie gern auf Sylt anstossen möchten. Nur über die erkennbaren Wünsche der *Verbraucher* wird sich langsam etwas ändern.

BRANDSCHUTZKLAUSEL

Syltopia ist ein modernes Märchen. Die *Doku-Fantasy* greift reale Entwicklungen und Fakten auf, die in den vergangenen Jahrzehnten auf der Insel Sylt und an anderen Fremdenverkehrsorten zu beobachten waren. Dennoch sind sämtliche Handlungen und Personen reine Fiktionen. Eine Ähnlichkeit mit lebenden oder verstorbenen Personen oder real existierenden Firmen und Institutionen ist zufällig. Die Namensnennung oder Darstellung von Prominenten oder Personen des öffentlichen Lebens, ist stets als Metapher für eine gesellschaftliche Trendgruppe gemeint und spiegelt in keinster Weise Leben und Handlungen der realen, individuellen Person wieder.

DANK

Herzlichen Dank allen, die zu diesem Buch beigetragen haben!

Dazu gehören meine Testleser und inspirierenden Gesprächspartner ebenso, wie schreibende Kollegen und Freunde, die wertvolle Tips zum Manuskript gaben.

In erster Linie Timm Kruse (Autor von *Roadtrip mit Guru*, Eden Verlag), Holger Fuß und für die Schlusskorrektur Katrin Müller. Philipp Megerle und Bina Witte - Jekel herzlichen Dank für die gute Zusammenarbeit bei der Buchgestaltung.

Größten Dank an meine Frau Anja, die mir eine kritische Leserin und in jeder Hinsicht liebevoll unterstützende Partnerin ist.

DER AUTOR

Lothar Koch, Jahrgang 1959, ist Insulaner.

Aufgewachsen auf der ostfriesischen Insel Juist, zog es ihn im Rahmen eines Biologie-Studiums nach Sylt.

Dort engagiert er sich seit 1988 für die insulare Entwicklung und den Nordseeschutz. Zunächst als Mitarbeiter eines Naturschutzverbandes, später als selbstständiger Biologe, Journalist und Autor.

Aus seiner Feder stammt der erste fundierte, insulare Naturerlebnisführer *Natürlich Sylt* (Feldhaus Verlag). An zahlreichen weiteren Publikationen zur Insel wirkte er mit (*Großes Syltbuch von Hans Jessel, Großes Sylt Lexikon*).

Lothar Koch ist unter dem *Yoga-Namen Nishkam* Koch auch als Seminarleiter, Meditationslehrer, psychologischer Berater und Coach bekannt.

Unter seiner Marke *ClarityProject®* vermittelt er bundesweit Workshops für Menschen, die nach tieferer Lebensfreude suchen und sich im besten Sinne weiterentwickeln wollen.

Clarity

Der sanfte Weg zu
Erkenntnis & Lebensfreude

Seminare · Bücher · CDs

The **Clarity** Project®

www.clarityproject.de | info@clarityproject.de

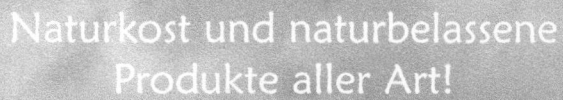

Inselkind
SHOP

Surfen lernen!
NORDEN–SURFSCHULE (SURF/SUP)

Anmeldung & Informationen: direkt bei uns im Shop
oder online: norden-surfboards.de & inselkind.com

Neu auf Sylt und in Deinen Ferien:
INSELKIND OCEAN CAMP

Ein aktives Programm in und am Meer für alle Kids

Anmeldung & Informationen: direkt bei uns im Shop
oder online: inselkind.com & facebook ocean camp sylt

Stephanstr. 8 (beim Rathaus) / 25980 Westerland auf Sylt
04651.4467977 / www.inselkind.com / visit us at fb